クラブ6《シックス》

小中学校

僕は小学六年生の初夏、田舎に引っ越すことになった。そこはそれまで住んでいた大きな街と違って、家が点々としていた。田舎というよりむしろ自然の中に家があるという印象だった。

最初に目にしたのは、見渡すかぎりの畑の深い緑と、ところどころに広がる真っ白な花の群生である。

後で知ったのだが、それは、「男爵」という種類のジャガイモ畑だった。

「ここに住むのは、二年間だけだ」と、父に説得され、僕はしぶしぶついてきたのだ。

それまで通っていた小学校は、大きな学校だったけれど、転校した学校は、小学校と中学校が一緒になった小中学校だった。

六年生はたった一クラスで、人数は自分を含めて十六人しかいなかった。しかも男子は僕が加わってもたった六人だけで、女子はとんでもなく元気な子が十人いた。

引っ越しした次の日、母に連れられて、小学校と中学校が一緒になった学校に登校した。

初めて校舎の前に立ってみると、思っていた以上に大きく立派な学校だったのでちょっと驚いた。学校の敷地には公園のような小さな林があり、その真ん中に屋根のあるりっぱな相撲の土俵があった。おまけに、グランドは以前の学校よりもかなり広かった。

一つの建物のなかで小学一年生から中学三年生まで一緒に勉強するのである。小学校の図工室と中学校の美術室は別々にあったし、家庭科室と音楽室は共同だったけれど、理科室はやはり二つもあった。

グランドは、中学生が部活をするために広かったのだと思う。野球とソフトボールが同時に試合ができる広さがそこにあった。

担任の先生は、父と同じくらいの年齢で、とても優しそうな男の先生だったので少しほっとした。

先生は、僕の名前を丁寧に黒板に書き、少し離れた大きな街から転校してきたと紹介してくれた。転校が初めてだった僕は、気の利いた挨拶を用意していなかったので名前だけを名乗り、「よろしくお願いします」、とだけ付け加えた。

席に着くと、すぐに男の子五人全員が僕のところにやって来た。いろいろ聞かれる

のかと思ったら、

「昨日は雨でまいったなぁ」

「それでも思ったより釣れてよかったよ」「次の土曜日も行こうぜ」

「今度は、俺が一番大きいのを釣ってやる」

五人の男子は、僕のことなど全くお構いなしに、思い思いにしゃべりだした。初めは、わざと無視されているのかと思ったけれど、そうではなかった。

一通りしゃべり終わると、「フミも釣りに行こうぜ」と、五人のうちの一人が僕にそう、言ったのだ。

「フミ」は、どうやら僕のことらしい。ここでは、トクとか、ナカとか、下の名前を短くして呼び合っていたのだ。あだ名ともちょっと違う、おそらく、ここの子どもたち特有のルールみたいなもので　それで僕の呼び名は、上の二文字をとって、「フミ」となった。

僕は今まで一度も魚釣りをしたことはなかった。突然、「釣りに行こう」と言われて戸惑っていると、ハヤという子が、

「釣りのことは俺に任せろ」と、僕の肩をたたいた。

「授業を始めるぞ」という、先生の声で五人の男の子はあわてて自分の席に戻った。

僕は転校一日目で、男子仲良しグループのメンバーに入ってしまった。

おそらく男の子たちは、女の子たちにいつもやられっ放しだったのだと思う。それで五人で一緒に行動していたのだ。僕が入ることで男の子は六人グループとなった。

驚いたことに、男子全員、毎日学校が終わると必ず一緒に、しかも外で遊んだ。僕も仲間になったわけだからそうすることにした。

学校が終わるとまず、ハヤと呼ばれていた子の家にみんなで集まった。彼の家は学校からわりと近くにあったからだ。行ってみるととても広い土地をもった農家だった。それに住んでいる家もとても大きくて、家の横には背の高い木が一直線に並んでいた。庭には、けっこう広い池があり、真ん中あたりにちょこんと島もあった。わき水を引いたその池はガラスのように透き通っていて、そこにいたニジマスや、アメマスはまるで写実画のように思えた。自分の家に大きな池がある友人は、僕の人生のなかでもハヤだけだ。

僕は初めのうち毎日遊ぶこと、それも外で遊ぶことに戸惑った。もちろん外で遊ぶことは好きだったけど、こんなに毎日毎日、外に出ることはなかったからだ。

以前は塾にも行っていたし、雨の日は家にいるのが当たり前で、そんな日に外で遊ぼうなどとは一度だって思ったことはなかった。でも、ここでは雨風は問題ではなかったのだ。

初めはみんなに引っ張られて遊んでいたのだけれど、気がつくと外で遊ぶことにすっかり夢中になっていた。

自転車

僕が本当の意味でグループの仲間になるためには、二つの条件があった。その二つをクリアすることで、僕は本当に仲間となることができたのだ。

一つ目の条件は、自分の自転車をもつことだった。

転校する前の僕は、自分の自転車をもっていなかった。ちょっとした移動には市内のバスを利用すればよかったし、休みの日であれば父が車で連れて行ってくれたからだ。

もちろん自転車には乗れたけど、以前の僕にはそれほど必要なものではなかった。しかし、ここでは違っていた。誰もが自分の自転車をもっていた。それも、五段変速どころか十段変速の本格的な自転車に乗っている子もいた。

とにかく、自転車がないと一緒に遊べないことがまず問題だったのだ。それは、この子たちの行動範囲がとてつもなく広かったからだ。なんせ、十キロメートルくらいの距離なら自転車にのって平気で往復する。休みの日などは、二十キロメートルも離れている隣町まで、子ども達だけで自転車で買い物に行くのである。

僕は彼らの仲間になった三日目、その日の夜に「自転車を買ってほしい」と、父親にせがんだ。父は、ちょっと考えてから理由も聞かず、「わかった」と言った。

僕が本当はここに来たくなかったことを父はよく知っていたから、その埋め合わせだったのかもしれない。でも、それは僕にとっては好都合だったのだ。

父は引っ越して最初の日曜日、どこからか軽トラックを借りてきて、僕に乗るように言った。僕はピンときたので、何も言わずに助手席に乗り込んだ。

普段はあまり話をしない父が、めずらしくいろいろ聞いてきた。

「友だちはできたか」とか、「学校は楽しいか」とか、すごく当たり前のことだったけど、いやいや転校させたことを気にしているように僕は感じた。

僕は父の質問にあやふやな返事をしながら、トラックの窓からどこまでも続くだっ広い畑を見ていた。その時の僕はまだ、畑で何が作られていたのかさえ知らなかった。ただ、どこまでもどこまでも広がる畑に、なぜか心が引かれていた。

僕は隣町の自転車屋で、五段変速で一番安い自転車を選んだ。父は、「遠慮するな」と言ってくれたが、僕としては、仲間と行動がとれる自転車であれば贅沢は言わないと決めていた。とはいえ、色だけはフレームが真っ白の自転車を選んだ。仲間の誰も白色の自転車には乗っていなかったし、見た瞬間とてもきれいな自転車と思ったからだ。この白い自転車でみんなと野山を走り回ることを思うと、すごくワクワクしたことを今も覚えている。

自分専用の自転車が手に入り、ついにみんなと同じ行動がとれるようになった。それも父のお陰だし感謝もしたが、自分自身の気持ちの変化は隠していた。引っ越す前はあんなにいやがっていたのに、来て早々、ここが楽しいなどとは言えなかったからだ。でも、僕の様子を見て、父も母もきっとそのことに気づいていたに違いない。

自転車を手に入れた僕は、放課後、毎日六人で行動することになった。

そんな僕たちを見て、あるとき、担任の先生が、

「君たちは本当に毎日毎日、一緒に遊んでいるなぁ。まるで遊びのクラブ活動をやっているみたいだね」と言って笑った。

そして、いつの間にか、僕たちは、「クラブ6《シックス》」と呼ばれるようになってしまった。

女子からも時々、「クラブ6のみなさん」と、からかわれもした。でも、僕たちはそう呼ばれることに悪い気はしていなかったと思う。いつだって六人一緒なのだから、まさに僕たちはクラブ6だった。

二つ目の条件

仲間になるための二つ目の条件に気づいたのは、自転車を買ってから少し後になってからだ。

とにかく僕たちクラブ6は、自転車で遠出しては、ひたすら遊び回っていた。時々、クラブ6の誰かの家に行くこともあった。僕と「ナカ」という子以外はみな農家の子だったので、それぞれけっこう遠いところに住んでいた。でも、そんなことはおかまいなしだった。突然、誰々の家に行こうと決まればすぐに自転車で出かけた。

初めて、トクの家に行ったときのことだ。僕の家からは、たぶん十キロメートル以上あったと思う。驚いたことにトクの家もかなり大きくて、トラクターや農機具を収めているシェルターのような倉庫が三つもあった。

そこで僕は、今までに経験したことのないくらい興奮することになる。

トクの家の庭には大きな小屋が立っていた。鳩舎と呼ばれる大きな小屋である。小屋と言うより小さな家といってもいいくらいの大きさだった。そこに百羽以上の鳩がいた。

もちろん、鳩は公園などで見たことはあったけれど、実際に飼っている鳩を見たのは初めてだった。

なんと、それはトクの鳩だった。百羽の鳩を小学六年のトクが一人で飼っていたのだ。それを知ったときの僕の驚きは、とても言葉にすることはできないものだった。

そこには、灰色や黒色の鳩だけでなく、栗色、真っ白な鳩、色がいろいろ混じった鳩など様々な鳩がいた。間近で見て、鳩にはこんなに種類があることをその時初めて知った。

「すごい！」、「すごい！」と、僕は何度も言った。

トクは、そんな僕に一つ一つ説明しだした。生まれたばかりの雛も見せてくれた。そして、飼っているのはただの鳩ではなく伝書鳩だと言った。

もちろん僕だって伝書鳩がどんな鳩かは知っていた。でも、見たのはやはり初めてだったので、とにかく驚いていると、トクは鳩舎に入り灰色の鳩を一羽捕まえてきた。

「こいつは俺が一番気に入っている灰二《ハイニ》さ」と言うと、思いっきり鳩を空中に投げた。

灰二とは、羽全体が灰色をしていて、そこに二本の黒い線が入った鳩のことである。

その灰二の鳩は、バタバタと音を立ててみるみる空高く舞い上がった。濃い灰色の空に、薄い灰色の翼が輝いている。

あっという間にかなりの高さまで行きつくと、すると今度は、鳩舎の上空で大きな円を描き始めた。

僕はいったい何が起きているのかわからないまま空を見上げていた。すると、だんだん旋回していた円が小さくなったと思ったら、あっという間に鳩舎に向かって灰二が舞い降りてきた。鳩舎の一番上に降り立つと、そこにある入り口から自分で鳩舎の中に入った。

「どうだ。すごいだろう」とトクは得意げに言った。

僕はまた、「すごい！」、「すごい！」と何度も口にした。今まで何かを見て、こんなに興奮したことはなかった。

鳩舎には鳩が外から中に入ることのできる入り口があった。そこにはトラップバーと呼ばれるアルミ製の柵のようなものがあって、鳩が自分で頭からトラップバーを押して入るのである。しかし、内側からは外には出られない仕組みになっていた。

「ここにいる鳩は、みんな自分で小屋に戻るんだぜ」と、トクはますます誇らしげだ。

「伝書鳩はもともと、自分で小屋に戻ってくる習性なんだよね」と、僕が言うと、

「ちがうよ」と、トクが僕に言い寄ってきた。

「俺がちゃん仕込んだから、ちゃんと戻ってくるんだ」と、さらに僕に迫った。

「えっ、そうなの」と僕は、トクの勢いにおされて後ろにひっくり返りそうになった。

「鳩が自分の小屋に戻るためには、毎日毎日、何度も訓練しないとだめなんだ」と、今度は自分に言い聞かせるように言った。

　気持ちが落ち着いたのか、

「そうしないと、鳩は勝手にどこかに行ってしまいますから、大変なことになります」トクはちょっと気取って大人のような口ぶりでおどけた。

「なるほど。そういうことでしたか、トク先生」と、今度は僕が大人のように言い返したので、みんなは大笑いした。トクも笑っていた。

　とにかく、初めて伝書鳩を見て、驚き、圧倒され、強い好奇心をかき立てられた。

　しかし、驚いたのはそれだけではなかった。話を聞くと僕以外五人全員が鳩を飼っているというのである。

　それを知ってまた驚いている僕を見て、みんなはさらに大笑いをした。僕は今度はひと目で鳩の虜になってしまったのだ。

　次の日さっそく鳩を見に回った。さすがに他のみんなはトクほどではなかったけれど、それぞれ五～六羽の鳩を飼っていた。それは全員トクからわけてもらった鳩だった。しかも、鳩小屋は自分たちでつくったらしい。

一週間考えた僕は、晩ご飯を食べ終わるとすぐにまた父に頼み事をした。もちろん鳩を飼うことである。

「友だちの五人全員が鳩を飼ってるんだ。鳩はみんな伝書鳩といわれる鳩で……」

「空に放すと自分で小屋に戻ってくるだ」

僕はあの日見たことを一気にしゃべりまくった。きっと、相当興奮して話したのだと思う。

父も母もずうっと、きょとんとした顔で僕の話を聞いていた。

「トクという友だちが百羽も飼っていて、その中から一羽を譲ってくれる」と、最後に付け加えた。

それを聞いた母はちょっとびっくりしていたけれど、父は予想に反して、

「いいぞ」と、了解してくれた。さらに、次の日曜日、鳩小屋を作ってくれるとまで言ったのである。

母は、僕が生き物の面倒を見られるのかどうか、かなり心配のようだったけれど、それでも反対はしなかった。

後でわかったことだけれど、父も母も僕が田舎の生活になじめるのかどうか、とて

も心配だったらしい。しかし来てみたら、息子が毎日楽しそうに遊んでいるので、やりたいことはなんでもやらしてみようと相談していたのだ。

父は約束通り、日曜日に鳩の小屋をつくってくれた。材料の木材も金網もどこから調達してあった。小さいけれど四、五羽の鳩を飼うことができる立派な小屋ができあがった。鳩が外から入るためのトラップバーはトクからもらった。なんせ、鳩のことはトクが一番で、鳩の先生でもあったからだ。

鳩小屋ができあがると、父の車で鳩を受け取りにいった。トクはただであげると言ってくれたけれど、父はいくらかお金を渡した。トクはとても嬉しそうにそれを受け取ってくれた。

譲ってもらった鳩は、灰色の羽に黒い二本線が入った、灰二とばれている鳩である。でも、羽のなかに一本だけ真っ白な羽根が混じっていた。白い鳩の血が混じっているらしく、そんな鳩は仲間内で「刺し毛《サシゲ》」と呼ばれて人気があった。

それまで鳩が何を食べるのかさえ知らなかったけれど、トクによると、小麦、アワ、ヒエ、エンドウ、ヒマワリの種、トウモロコシなどなんでも食べるらしい。特にトウモロコシが大好きだと教えてくれた。

小麦はトクから鳩と一緒にたくさんもらった。トウモロコシはハヤが大きな袋に入れてもってきてくれた。

　僕と「刺し毛」との生活が始まった。

　朝、六時に起きると顔も洗わずに真っ先に鳩小屋に行く。まず、「刺し毛」がいるのかを確かめる。その姿を確認してから餌を撒いて、水が入っているかどうかも確認する。

　トクからは、少なくとも一ヵ月は、小屋になれるまで鳩は外には出さずに辛抱するように言われていた。本当はすぐにでもトクの鳩のように小屋に戻ることのできる伝書鳩にしたかった。でもトクの話では、そう簡単にはいかないらしい。他のみんなも今でこそ自分の鳩は小屋に戻ってくるようになっていたが、最初は全くうまくいかなかったようだ。特にハヤは、訓練中の鳩がどこかに行ってしまって帰ってこなかったと、とても悔しそうに話してくれた。

　僕は、転校してすぐに自転車を手に入れ、生まれて初めて鳩を飼うことになった。転校する前に感じていた不満はあっという間に消え、すぐに地元の子どもたちと仲間になることができた。そして、今まで経験したことのなかったことがいくつも僕の体の中に突然入ってきたのだ。

　そのどれもが新鮮で、どれもがとにかく楽しかった。

川釣り

釣りを覚えたのもこのときだ。釣りはハヤが僕たちの先生だった。彼の家の池に泳いでいるアメマスやニジマスのほとんどはハヤが自分で釣った魚だった。

よくみんなで釣りにいった。ハヤ以外は誰も自分の釣り竿はもっていなかったけれど、全く平気だった。柳の枝を自分たちで探して釣り竿の代わりにした。釣り用のテグスと針はハヤが用意してくれた。

学校から二～三キロのところに大きな川があって、晴れた日はよく六人でそこに釣りに行った。でも、いつも大物のニジマスを釣るのはハヤだけだった。

それでも二十センチほどのヤマメや小さいけどニジマスも釣ることができた。ニジマスは名前のとおり体一面に虹がかかったような美しい魚だった。僕はこのときまで魚が美しいなんて感じたことはなかったと思う。

とにかくみんなでわいわい言いながら、川の上流を目指すのはものすごく楽しかった。それは単なる川釣りというより、僕たちには冒険そのものだったからだ。

ある日、釣りの先生であるハヤは僕たちを特別な場所に連れて行った。僕だけでなく、他の仲間にとっても初めての場所だった。

僕たちはその日、いつものように大きな川の上流へと向かっていた。その時突然、先頭のハヤが足を止めた。

「いいか、これから行くところは、ぜったい誰にも言うなよ」と、にこっと笑った。

すると、ハヤは川からそれて草木がぼうぼうに生えた方に向かって歩き出した。

みんなは、背の高い草をかき分けてハヤに続いた。僕はバケツと釣り竿を両手に持って一番後ろから追いかけた。

道のないこんなところを歩いたのはこれが初めてのことだったので、僕はよろけながらも必死にみんなについていった。そこには名も知らない植物が群生していて、僕の身長より高いものもあった。

そんな草のなかを十分ほど進むと、目の前が突然開けた。

「いいか、本当に誰にも言うなよ。絶対に秘密だぞ」と、今度は真剣な顔をしてハヤは言った。

僕たちは訳もわからずにただ頷いた。

突然開けた場所には、見たことのない背の低い木が規則正しく立っていた。その周りには丈の短い同じ種類の草が一面に広がり、まるで手入れされた公園のようだった。

どんどん進むと少しくぼんだところに、小さなプールのようなため池が現れた。水面が細かく動いてキラキラとしている。そばに近づくと、池の水は恐ろしいほど透明で、見つめていると引き込まれそうになる。まるで映画にでてくる別世界のような光景に誰もが口を閉ざしたままだった。

ようやくナカがひと言、「とても美しいね」とつぶやいた。

僕もつられて、「美しい……」と言ったと思う。普段無口なオガも、「なんて美しいところだ」と真顔で言ったので、みんなは声をだして笑った。

ハヤによるとかなり昔、魚を養殖するための試験場だったらしい。今は、草木に埋もれていて、地元の人でさえ知っているものはあまりいないと、ハヤはいつになく真剣な顔つきで教えてくれた。

建物らしきものは何一つなかったけれど、幾つか円柱状の石がきれいに並んでいる。それはまるで写真で見た古代の遺跡のようにも思えた。

池は全部で六つもあった。それは薄い灰色のコンクリートでできていて、透き通った水のなかを何百何千もの魚が悠然と泳いでいたのだ。多くはウグイのようだったが、ハヤでさえ名前のわからない変わった魚もいた。

僕たちはこの不思議な場所の神秘的な池に吸い込まれるように釣りを始めた。釣り針を落とした瞬間、魚の群れが襲いかかってきた。魚が餌に食いつくのが手に取るようにわかった。

僕たちは夢中になった。川釣りと違って、用意したバケツはすぐに魚で一杯になった。

誰がどの魚を釣ったのかわからなくなってしまっても、それでも、大物はやはりハヤが釣ったものだった。

ハヤが、

「一番大きな魚だけを残してすべて池に戻すがいいか?」と、みんなに聞いた。

誰も無言のまま頷いた。ハヤは器用に大きな魚だけを残して、バケツの中の魚を池に戻すと、再び自由を得た魚たちはあっという間に散っていった。そのすてきな光景に僕たちはしばらく見とれていた。

残った大きな一匹は、ハヤの池に放たれた。

夏休み

クラブ6の仲間は、鳩や釣りのようにそれぞれが得意なものを持っていた。ナカは先生の息子で勉強がとても良くできた。少し難しい宿題がでると、みんなナカを頼っていたようだ。時々、そんなときだけはナカの家に集まって勉強もした。家の中で何かをしたというのはそんなときだけである。

ここに来て最初の夏休み、みんなでナカの家に集まって勉強をすることになった。当時の夏休みの宿題は、いろんな教科の問題が一冊にひとまとまりとなった夏休み帳だ。夏休み明けにそれを必ず提出しなければならない、けっこう大変な宿題だった。ナカ以外は、みんな勉強が苦手だったので、誰かがナカの家で一緒に宿題をやろうと言いだした。

僕が、「どうせやるなら、早めに全部やってしまおう」と提案した。

「そうだ、一日で宿題を全部やって、残りの夏休みは全部遊ぼう」と、ハヤも言った。

そんなわけで夏休み二日目、「夏休みの宿題」をもって朝からナカの家に全員が集まった。

僕は言い出しっぺだったので、前の日、半日かけて、算数と理科をすべて終わらせた。ナカは、国語と社会を終わらせていた。

実は僕とナカは、事前に自分の得意な教科をその日までにやっておくことにしていた。集まってみると予想通り、他の四人は何もやっていなかったので、ナカと僕の答えを写したがった。

でも、ナカは、「人の答えを写すのはよくないよ」というと、他の四人は口をそろえて、「えー」と、言った。

僕もナカに刺激されて、「宿題は自分でやるべきだよ」と言った。四人は、再び、「えー」と言ったが、しぶしぶ鉛筆を取り出し「宿題」に取りかかった。

算数と理科は僕が、国語と社会はナカが担当して、お互いに教え合いながら宿題に取りかかった。いざ始めてみると、誰一人文句も言わずに黙々と宿題に向かった。さすがに、その日の午前中では終わらず、次の日もナカの家で宿題をやることになった。

宿題を始めて二日目、僕たちがあまりにがんばっているものだから、ナカのお母さんがお昼にカレーライスをつくってくれた。とにかくお腹がすいたので、みんな何杯もおかわりをした。勉強をするとこんなにお腹がすくとわかったのは、この時が初めてである。

夕方近くになって、ようやく、「夏休みの宿題」を全員終えることができた。

突然、「やったー」と、イノが大きく背伸びをした。

他のみんなも真似して、「やったー」と叫んで、そしていつものようにみんなで大笑いをした。

すぐさま、「明日から毎日遊ぶぞぉー」とハヤが再び叫んだ。

僕も夏休みの宿題をこんなに早く終わらせたのは初めてのことだった。それも、しっかりもののナカのお陰であった。

車

夏休みが終わりかけたある日、その日はイノの家に集まる約束をしていた。

イノの家も大きな経営をしている農家で、広い畑の中にぽつんと家があった。やはり、トラクターやトラックなどを収容するためのドームのような大きな倉庫があった。両親はかなり離れた畑に作業に行っているらしく、家にはイノ以外、誰もいなかった。それは予定通りであった。実は、この日を前から狙っていたのだ。イノの両親がいなくなる日をずうっと前から待っていた。

全員が揃うと、イノは、

「みんな、覚悟はいいか」と、少し偉そうに言った。

僕は緊張していたのだと思う、声も出さずただ頷いた。

イノの右手には、銀色のキーが光っている。車のキーである。僕たちは、イノの後についてドーム型の倉庫に入ると、そこには、トラクターともう一台、ベージュ色の車が横に並んでいた。その車はとても手入れされていてピカピカだった。どうやら、イノのお父さんの車らしかった。

運転席にイノが乗り込んだと思ったら、すぐにエンジン音が響いた。ドーム型の倉庫は金属でできているせいか、エンジン音がものすごい音で響いていた。

「早く乗れよ」とイノが言った。後ろの座席に僕を含め四人が乗り込んだ。子どもとはいえさすがにぎゅうぎゅう詰め状態になった。

オガだけは乗らずに、「オーライ、オーライ」とバックする車を誘導した。倉庫から出るとオガも助手席に乗り込んだ。全員が乗ったことを確認して、イノはいきよいよく車を走らせた。

僕は、不意を突かれ、「ワァー」とも「キャー」ともつかない悲鳴を上げたので、みんなは大笑いし、そして、僕も照れ隠しに笑った。

行き先は、ジャガイモ畑である。もちろん、公道を走るわけにはいかないが、なんせイノの家の周りはすべて畑であり、そこはイノの家の土地だった。

ちょうどジャガイモの収穫が終わったばかりで、そこはまさに何ひとつない真っ平らな黒い大地が広がっていたのだ。

その日の目的は、何もない広い畑で、車を運転することだった。

そのころの僕たちにとって、やってみたいことの一つが車を運転することだった。

でも街で暮らしているときは、そんなことなど考えもしなかった。もちろん、当たり前のことだけれど小学生が車を運転することなどダメに決まっている。でも、ここではそれができるかもしれないと僕たちは思った。

農家の子だからといって、誰もが車を運転するチャンスがあるわけではない。ハヤもトクも、オガも農家の息子だけど、まだ運転の経験はなかった。ただ、イノだけが僕たちの中で、唯一、すでに車を運転することができたのだ。

いつだったか、イノは自分が車の運転ができると、みんなの前でこっそり自慢した。誰もがびっくりしたけれど、イノが嘘をつくような男ではなかったので、僕たちは彼の言ったことを信用した。尊敬の思いで彼の話を聞いたのだ。

僕はとにかく、車が大好きだった。小学生ながら早く大人になって免許をとり、自分の車でドライブしたいと本当に思っていたのだ。

イノの話を聞いて、真っ先に反応したのは僕だった。

「イノ、僕にも運転を教えてくれないか」と彼に迫ったのだ。すると意外にも、「いいよ」とあっさり答えが返ってきた。

「ただ、いつでもと言うわけにはいかない。父さんと、母さんがいない日でないとなぁ」

「フミ以外はどうする」とイノが皆に聞いた。

でも、だれも返事はしなかった。当然、興味はあるものの、さすがに車の運転はまずいと思ったのだ。それは、すごく当然のことである。小学生が車を運転するのは紛れもなく悪いことであり、危険なことであり、はっきり言えば犯罪だ。

僕だってそのことは重々わかっていた。でも、それ以上に運転してみたいという気持ちが高ぶっていたのだと思う。

とりあえず、イノが運転するところをみんなで見てみようということになった。

そして、夏休みがそろそろ終わるある日、ついにそのチャンスが訪れたのだ。

僕たちは、まずイノの運転に歓喜の声をあげた。普通の道路で乗っているのとは訳が違う。収穫の終わったデコボコの畑では、何かにしっかりと捕まっていないと車の天井に頭をぶつけてしまう。まさにスリル満点だ。いや、命がけの危険な遊びである。

でもイノは実に運転がうまかった。ぎゅうぎゅう詰めの僕たちを気遣って、途中から急ハンドルも急ブレーキもやらなかった。実にみごとに車を走らせた。

彼はしばらく走ると車をゆっくりと止めてエンジンをきった。

「この車は父さんの車なんだけれど、ダットサン510っていうんだぜ」と、説明しだした。

イノのお父さんはこの車をとても大切にしているらしく、

「勝手に乗ったことがわかったらやばいから、さっさとやろうぜ」と、イノは笑いながら言った。

車から降りて後ろを振り返ると、そこからはイノの家はかなり遠くに小さく見えた。イノは、みんなが降りると、僕に運転席に乗るように指示した。そして、自分は助手席にすわり、窓を開け、「これからフミが運転するから、みんな離れて……危ないよ」と言った。

僕はドキドキだった。心臓がものすごい音を立てていた。それと同時に、嬉しさに身震いもしていた。

「まず、ギアを確認して、ニュートラルになっているかい。わかるかい」

僕は当然ながら、彼の言っていることは理解していた。いつも父が運転する様子を注意深く見ていたからだ。

クラッチを左足で踏み、シフトレバーを右左に動かした。確かにニュートラルだ。この頃の車は当然オートマチックなんかではない。ギアチェンジを自分で操作するマニュアル車だ。

「次は、エンジンをかけて。フミ、かけかたわかるかい」

「もちろん」と、僕は何も躊躇せずキーを回した。セルモーターがグルグルと音を立ててまわった。でもエンジンはかからない。もう一度キーを回してみた。セルモーターがグルグルとむなしく響くだけで、やはりかからない。僕はキーを戻してイノの顔を見た。

「この車のエンジンちょっと癖があるんだ。アクセルをパカパカ何回か踏んでみて」

僕は言われたとおり、アクセルをパカパカと踏んだ。そしてもう一度キーを回した。今度はすぐに、ブルブルンとエンジンがかかった。

「フミ、うまいね」とイノが言った。

「つぎにやることは……わかる」

「わかる」と僕は自信をもって答えた。左足でクラッチを踏んだままギアを一速に入れた。これも、父の運転を見ていてわかっていた。ただ、この車はとてもクラッチが重くて、僕の足の長さではようやく届くかどうかであった。

「アクセルを踏みながら、ゆっくりクラッチを外して」と、イノが言った。僕は緊張しながらもそのとおりにした。したつもりだった。だが、しかし、510はすぐグスンといってエンジンが止まった。

エンストである。

「車、壊すなよ」と、見ていたみんなは大笑いしている。

でも、僕は必死だった。

もう一度、ギアをニュートラルして、エンジンをかけた。今度はアクセルをパカパカしたので一発でかかった。

もう一度クラッチを踏み、ギアを一速に入れ、細心の注意をはらいながらゆっくりとクラッチをつないだ。

すると、ガクンガクンと振動しながら動きだした。

「気にしないでアクセル踏んで」とイノがいった。僕は、思いっきりアクセルを踏んだ。グオーンというすさまじいエンジン音が響いた。「ギアをあげて、」と言われ、僕は重いクラッチをしっかり踏み、すかさずシフトレバーを動かした。

慌てていたので、クラッチをいっぺんにつなげてしまい、また車はガクガクと音をたてた。

「アクセルを踏めー」とイノがいうので、とにかくアクセルを踏んだ。スピードがでた。

「左にハンドルをきって！」と、イノが叫んだ。

ここは収穫が終わったばかりジャガイモ畑である。

「何も焦ることはない。車も人も何もない」と、僕は自分に言い聞かせながらアクセルを踏み続けた。

開けっ放しの窓から気持ちのいい風が入ってきた。アクセルを踏むとさらにスピードが出た。ハンドルを右に切ったり、左に切ったり、僕の思うままに車は動いた。

イノが、「もっと行け！　行け！」と叫んだ。僕は、「やっほー！」と雄叫びのような声をあげた。

人生の中で最も緊張した出来事であり、最も気持ちが高まった瞬間であった。

しかし、事件はその調子にのっている最中に起きた。広いジャガイモ畑を大きく楕円を描きながら何周も走った。一度車を止めようとブレーキを踏んだ瞬間、車はドスンと大きな音をたてた。その衝撃で僕とイノは頭を車のフロントガラスにぶつけそうになった。車は左側に大きく傾いている。

二人は慌てて飛び出した。幸いけがはなかったけれど、車の左前輪が畑の中にめり込んでいた。畑はもともと柔らかい場所が多い。そこは特に軟弱な場所だったので、左前輪が畑にめり込んでしまったのだ。

でも軟らかい土のお陰で、車自体は大丈夫そうだった。イノが運転を代わり、エンジンをかけバックしようとした。でも、後ろのタイヤは空回りするばかりで全く動かない。

全員で車を押してはみた。けれど、それでも、ダットサン５１０はうんともすんとも動かなかった。お手上げ状態とはこのことだと僕は思った。

僕は申し訳ないやら、情けないやら、どうしたらよいのかわからないでいた。

そんな様子を見て、みんなは僕を責めるどころか、一緒になって落ち込んでくれた。

そんな僕を見かねて、

「大丈夫だ。フミは気にするな。この事故は言いだした俺の責任だ。俺がなんとかする」とイノが言った。

「なんとかするって、僕の責任だよ」

「本当に大丈夫だ。フミ、俺に任せろ」と言って、イノは緊張した顔のまま僕に微笑んだ。

イノがお父さんにひどく怒られるじゃないかと気が気でなかった。イノが俺に任せろというので、僕たちは車を畑に残したまま家に帰った。

僕は、ものすごく悔やんでいた。本当は小学生がやってはいけないことをしたのだ。夕食ものどを通らなかった。いつもはけっして残さない夕食のおかずを半分も食べることができなかった。

母は、「夕飯を残すなんて、どうしたの。具合でも悪いの」と、心配していたが、「何でもない」と僕はごまかした。

父は、仕事で夕食の時間には戻っていなかった。僕は時間が経てば経つほど、胸が苦しくなってきた。

耐えきれなくなっていたので、父が帰ってくるやいなや、すぐに今日やってしまったことをすべて正直に話した。

父は、「わかった」と言うと、僕の頭をコツンと優しくたたいた。そして、にこっと、笑った。僕は涙をかろうじてこらえ、「ごめんなさい」とすわって頭を下げた。

父は食事には手を付けず、僕を連れてすぐにイノの家に向かった。

イノのお父さんは、とても背が高い人で、イノによく似ていた。いや、イノがお父さんに似ていたのだ。

父は、自分の息子がしでかしたことを報告し、頭を下げて丁寧に謝ってくれた。僕も黙って一緒に頭を下げた。イノはそこにはいなかった。

イノのお父さんは、ただ、「わかりました」と言って、なにも怒らなかった。車はトラクターを使って引き上げ、特に壊れたところはなかったので気にしなくてもいいと言ってくれた。父と僕は最後に、もう一度頭を下げてから帰宅した。

帰りの車の中で、「ところで、初めての運転はどうだったんだ」と父は言った。

「クラッチが重くて、大変だったけど、なんとか運転できた」

「おもしろかったのか」

「うん。本当は悪いことだけれど……でも……最高だった」

「おまえ、そんなに車が好きか」というので、僕は、「すごく」と答えた。

「十八歳になったら、すぐに免許を取らしてやる」と、父は怒るどころか嬉しそうにそう言って笑った。

次の日、イノは一人で僕の家にやってきた。そして笑いながら、「昨日父さんにちょっとだけ怒られたさ。でも、フミが謝りに来てくれたので、父さんはもう何も言わなくなった」と言った。

それから、「フミの父さんは、とても立派な人だ」と、イノの父さんが言っていたと、教えてくれた。

刺し毛

夏の終わり頃になると、僕はすっかり鳩の扱いに慣れていた。トクに教えてもらいながら、「刺し毛」が自分で小屋に戻るための訓練を始めた。

まず、「刺し毛」を小屋から捕まえてきては、小屋の入り口となるトラップバーに押し込むことから始める。その訓練を四、五日続けた。

次に、「刺し毛」をトラップバーの前にそっと置くのである。このときが、一番大切だとトクから教えられていた。ゆっくり優しく鳩を放さないと、小屋には入らず驚いてどこかに飛んで行ってしまうからだ。

僕は、言われたとおり、「刺し毛」を優しく、そっとトラップバーのある入り口の前に置いた。

緊張の一瞬である。すると、「刺し毛」はいとも簡単にトラップバーをくぐって中に入った。僕はほっとして、ご褒美のトウモロコシをまいた。「刺し毛」はすぐに小屋の床まで降りてきて、トウモロコシをいくつも丸呑みした。

こうした訓練を何日も続けた結果、「刺し毛」は鳩小屋の前で放すと、まっすぐ小屋に飛んで戻ることができるようになった。

そしていよいよ、訓練の成果を確かめる日がやってきた。家から離れた場所から「刺し毛」を飛ばすことにしたのだ。

「刺し毛」を段ボール箱に入れ、それを自転車の荷台にくくり付けた。この大切な日のために、クラブ６の仲間も集まってくれた。

「刺し毛」を放つ場所はだいぶ前から決めていた。自分の家から三キロほどのところにちょっとした丘があった。そこから自分の家が見えるわけではなかったが、見晴らしがいいので、鳩が飛んでいく様子がよくわかると思ったからだ。

丘の上に着くと、ナカが、「とてもいい場所だね」と言ってくれた。鳩の先生のトクも、「ここからだったら、刺し毛がどこに飛んでいくかよくわかる」と太鼓判を押した。

僕は、そうっと段ボール箱に手を入れ、「刺し毛」を取りだした。そして、鳩を抱えながら青い空を見上げた。

みんなも僕と同じように緊張していたと思う。それぞれがかつて同じことを経験していたからだ。

僕はみんなの顔を見た。まず、トクが頷いた。他の仲間も同じように頷いてくれた。「刺し毛、頼んだぞ！」と、僕は叫んだ。そして、思いっきり「刺し毛」を空に放った。

みんなは、飛び立つ鳩に向かって、「いけー！」と叫んだ。

僕たちの声を背負って、「刺し毛」は空高く舞い上がり、すぐさま旋回を始めた。少しずつその円を広げながら、僕たちの真上を旋回した。

僕は思わず「刺し毛、いけー！」と、もう一度叫んだ。みんなも同じように叫んだ。すると、僕たちの声が届いたのか、「刺し毛」は一気にある方向に向かって飛び始めた。そこは間違いなく、僕の家の方向である。

僕たちは慌てて自転車に飛び乗り、来た道を引き返した。もう、「刺し毛」の姿は見えない。後は無事に帰っていることを祈るだけだ。

僕は、ひたすらペダルをこいだ。早く家に着きたかった。そして、小屋に戻った「刺し毛」を確認したかった。クラブ6の仲間も同じ気持ちで僕に遅れないようついてきた。

こんなにいきおいよく自転車を走らせたのは久しぶりである。まるで自転車レースのように六台の自転車が一つになって激走していたに違いない。

行きの半分もかからない時間で帰ってきたのに、僕にとってはとても長い時間だった。

僕は家に着くなり、鳩小屋を覗いた。

「刺し毛」は何ごともなかったかのように、鳩小屋に戻っていた。嬉しくて、ほっとして、気がつくと涙が溢れていた。それは、僕がこの年に流した、ただ一回の涙だった。

サンショウウオ

外で遊んでいると、季節の変化に敏感になる。特に毎日、自転車に乗っていると、肌が空気の変化を感じ取るのである。それで僕はいつもより早く手袋と毛糸の帽子を母に用意してもらった。

確か十月の終わりころだったと思う。その日は特別な目的で、オガの家に行くことになったのだ。

理科の時間、生物について勉強したとき、両生類のサンショウウオのことが話題になった。トカゲのようでトカゲでないその生物に、男の子はみな興味津々だった。僕も写真では見たことがあったが、まだ本物は見たことはなかった。

給食の時間は、クラブ6はいつも机を合わせて一緒に食べた。その時、誰かが食べながら、またサンショウウオのことを口にした。すると、オガが「サンショウウオなら、うちの裏に行けばいるぞ」と、ぽつりと言った。

それを聞いて、みんなびっくりした。

「本当か！」とトクが言うと、

「もちろん、本当さ」と、オガはすました顔で当たり前のように言った。

オガはいつも穏やかで、いるだけでみんなを和ませてくれる。普段あまり自己主張する子ではなかったけれど、その時はきっぱりとそう言ったのだ。

そんなわけで、僕たちはその日、さっそくオガの家に行くことにしたのである。

実はオガの家にはまだ行ったことはなかった。学校から一番遠いところにあったからだ。おそらく、十五キロメートル以上はゆうにあったと思う。おまけに、季節は秋、寒いだけでなく日も短い。そこで、全員、学校が終わったらまっすぐオガの家に行くことにした。

僕はさすがに、一度家に帰りたかったけれど、そんな悠長な時間はないとみんなに言われ、しぶしぶそうすることにした。後で、母親から叱られることを覚悟しなければならないと思った。

でも、家が遠いオガはいつも家にはまっすぐには帰らず、僕たちと一緒に遊んだ後、十五キロメートル以上の距離を自転車で帰って行くのである。僕はそれを考えると、一度くらいはそうしてもいいと勝手に思うことにした。

オガの家に行く道は、広い畑地帯をまっすぐに伸びた大きな農道とほぼ平行に走っている砂利道の道路だ。その道をひたすらまっすぐ走っていくのである。どこまでも続くその道の先は黒い点にしか見えなかった。こんなにまっすぐな長い道は初めてであった。車はほとんど通らない。すれ違ったのは農家のトラクターだけだった。

　僕たちは、オガを先頭に一列になって進んだ。道はあまりに長くまっすぐなので、いつになったら着くのか心配になるほどであった。

　道路の両脇はすべて畑で、土がむき出しの畑は、すでに収穫が終わっているジャガイモ畑だ。ここで栽培しているのは男爵という種類だとオガが教えてくれた。

　途中、まだ緑が広がる畑のよこを通った。今度はイノが、ビート畑だと言った。ビートはカブに似ているが、砂糖をつくる原料らしい。ところどころ大きな機械が畑の中で動いていた。今が、ビートの収穫期なのだ。ばかでかい黄色の機械が畑の中をゆっくり動いている。その機械でビートを土の中から掘り出していた。

　その日はよく晴れていたけれど、すでに太陽は空の低いところにあったのでやけにまぶしかった。そして、空気は冷たくひどく澄んでいた。毛糸の帽子をかぶっていなかったら、とても耐えられないほどである。

　そうして、ようやく着いたオガの家は、今まで走ってきた道路の終点にあった。本当にオガの家の前で道路が終わっていたのだ。

家の裏にはちょっとした山が迫っている。今までどこまでも平らだと思っていた土地が、ここからまるで別の世界のように荒々しかった。後で知ったのだが、オガの家の住所は、実は隣町のものだった。オガは隣町の住民だったのだ。詳しいことはわからないけれど、本当ならば隣町の学校に通うべきところ、今通っている学校の方が近いので、オガの父親が教育委員会と交渉し、五年生の春から今の学校に登校することになったらしい。つまり、オガも転校生だったのだ。

オガは着くなり家に入ると、今度はサイダーの瓶を何本か抱えて出てきた。そして、瓶の栓を抜いて人数分のコップに注いだ。僕たちは、一気に冷えたサイダーを飲み干した。

ハヤが、「のどに、きくー」とおどけると、みんなも同じように「きくー」と真似をした。そして僕たちはいつものように笑った。

家に迫っていると感じた山は、近づいてみると思っていたより離れていた。山の麓までオガについて進むと、小さな川が流れている。その川沿いに山を登っていくと、川幅がどんどん狭くなり、それはわずか一メートルほどになった。川底には拳ほどの石がごろごろしている。その石の間を透き通った水がちょろちょろと流れていた。

ここに来たのは初めてだったので、僕たちは、ワクワクしながらオガの後をついて行った。

突然、オガが足を止めた。すると、両手を広げその手を上下に動かした。「動くな」ということらしい。みんな息をのんで彼の様子を見守った。

オガは、じっと小さな川の流れを見つめている。今度は顔をさらに流れに近づけじっと見ていたかと思ったら、何かを確信したのか、こちらに来いと合図をしてきた。僕たちは、足音を立てないように、ゆっくりと移動してオガの側までたどり着いた。

オガは、にこっと笑うと、川のなかにあった大きめの石をそおっと持ち上げた。流れの深さは十センチメートルもない。取り除いた石の下に黒色のなにかがいた。

「サンショウウオだ」と僕が叫んだ。すぐにオガが口に指を当てて、「しーっ」と言った。僕は慌てて自分の手で自分の口をふさいだ。

オガが水の中に手を入れてサンショウウオにそおっと触れた。すぐさま、サンショウウオはするするとシッポを横に振ってすぐそばの石の底にすべり込んだ。

オガは僕の顔をみながら、今サンショウウオが入り込んだ石を指さした。

僕はそおっと川の中に手を入れて石に触れた。水は思ったより冷たくなかった。ゆっくり石を持ち上げると、なんとそこには二匹のサンショウウオがじっとしていた。みんな水面すれすれに顔を近づけ、食い入るようにのぞき込んだ。

オガ以外は、野生のサンショウウオを見たのは初めてのことだった。

僕たちが自分の家に着く頃、陽はとっくに落ちて、すっかり暗くなっていた。僕は、母親に怒られるかもしれないと、覚悟しながら、「ただいまぁ」と言って家に入った。

すでに夕食の準備ができて、その日に限って父もすでに帰っていた。

僕は、ランドセルを自分の部屋において恐る恐る夕食が並ぶテーブルに着いた。

父は何も言わなかった。母は、「手を洗ってきなさい」とだけ言った。

僕は、いつものように、「いただきます」と言って夕食を食べ始めた。

僕はその時の夕食が何であったのか、今でも覚えている。僕の大好きなトンカツとキノコの味噌汁、おまけにキャベツが山盛りだった。

母が「今日のトンカツ、美味しいと思わない」と聞いてきたので、僕は、「すごくおいしい」と即答した。

すると、「そうでしょ。今日は特別なお肉なのよ」と、母は嬉しそうに言った。

父がどこかの知り合いの農家からいただいたものらしかった。

僕は、ものすごくお腹がすいていたので、何も言わずに大好物のトンカツを食べ続けた。少しお腹が落ち着くと、今日あったことを父と母に話した。

「今日、オガの家にみんなで行ってきたんだ。オガの家はすごく遠くて、ちょっと、大変だった」

父も母も黙って僕の話を聞いていた。

授業でサンショウウオを勉強したこと、いつもの仲間とオガの家までサンショウウオを見つけに行ったこと。そこは、かなり遠いので学校から直接行くことになったこと。そして、オガの家の裏山から流れる小さな川で本当に本物のサンショウウオを見つけたことを、僕は一気にしゃべり続けた。

そんな僕を父も母もにこにこしながら黙って聞いていた。そして、母は怒らなかった。

僕は、一通りしゃべり終わると、いつものようにご飯をおかわりして、残りのトンカツをがつがつと食べた。まだ、食べたそうな僕に、母は自分のトンカツの半分を僕の皿に移してくれた。

次の日、オガが学校にサンショウウオをもってきた。もちろん、昨日、みんなで見つけた二匹のサンショウウオだ。担任の先生もとにかく本物を見てびっくりしていたが、すぐに理科室から大きなガラスの容器をもってきて、そこに水と小石を入れてサンショウウオを放した。その日から、そのサンショウウオはクラスの一員になった。

女の子たちは、「きゃー」とか、「きもちわるい」とか言っていたが、意外なことにサンショウウオを気に入ったようだった。

誰かが名前を付けようと言いだした。先生も、「それはいいことですね」と言ったので、みんなで話し合うことになった。

この土地のルールで、「サンショウウオだからサンちゃん」という声が多かったけど、「二匹いるのでどうしよう」ということになった。

「このサンショウウオは、オガの家の裏山で捕まえたから、ウラちゃんと、ヤマちゃんはどうだろう」と、僕が言うと、めずらしいことに女の子まで賛成した。

すると今度は誰かが、「ウラちゃんと、ヤマちゃんの係を決めよう」と言いだした。

担任の先生がまたしても、「それはすばらしい」と言ったので、引き続き話し合うことになった。

ハヤが、「俺がやる！」と言って立ち上がった。すると、女子の中でも一番元気な子が立ちあがり、「私もやりたい」と言いだした。次々に、僕も私もと手を挙げだした。

先生は、「まあ。まぁ」と言ってみんなを落ち着かせて、「なんか、いい方法がないだろうか」と静かに話しかけた。

でも、それを聞いてみんな黙り込んでしまった。それでも僕は、クラスみんなで真剣に話し合っていることがとても嬉しかった。たかがサンショウウオのことだけど、みんなでこんな風な気持ちになるのは、僕が転校してから初めてのような気がしていたからだ。

　その時、ナカが、すうっと、立ち上がって、「日直の仕事にしたらどうだろう」と言った。「そうすれば順番に全員が面倒見ることができると思います」

　誰も異存はなかった。普段のナカは、あまりみんなの前では発言しない。でも、ここぞと言うときに、みんなのことを考えて発言するのだ。ナカは、いつもみんなのために何ができるかを考えていた。優しくて、そして本当に意志の強い人間だ。僕はそう感じていた。

　サンショウウオのお陰で、以前より男の子と女の子の仲がよくなった。それに卒業が近づいてきたことも理由の一つだったかもしれない。

石炭

その年の冬は、いつもより雪が多くとても寒い日が続いた年であった。ここは、北海道でも特に寒い地方だったので、冬になるとどこの家でも窓には外からビニールシートを張って寒さをしのいでいた。

ある日の日曜日、僕の家でも父がビニールシートを買ってきて、窓という窓にそのビニールシートを張った。僕も手伝ったので、意外と早くその作業は終わった。すると父が、「あまったシートはおまえにやる」と言って、僕の鳩小屋を指さした。僕は頷いて、それをちょうどいい大きさに切って、鳩小屋の金網部分をビニールシートで覆った。

ビニールシートは余ったのではなく、きっと鳩小屋のために父が多めに買ってきてくれたのだと思った。

僕は秋ころから家の仕事を少しずつ自分からやるようになっていた。親に言われたからではない。それは、毎日遊んでいるクラブ６の誰もが家の手伝いをやっていることを知ったからだ。特に、農家の四人は、日曜日によく家の手伝いをしていた。中には、朝早く家の仕事を手伝ってから登校する子もいた。

僕はここに来るまで一度も家の手伝いなどしたことがなかった。それに母親からも言われたこともなかった。でも、クラブ6の仲間は僕の知らないところで大人と同じような仕事をやっていたのだ。

僕たちクラブ6は、月曜から土曜日まで毎日一緒に遊んだ。けれど、日曜日は集まらない日が度々あった。土曜日の午後にめいっぱい遊んだ後、日曜日はどうするのか決めていた。一人でも来られない日曜日は集まらなかった。夏の終わりから秋にかけて、集まれない日曜日は多かったように思う。でももともと、日曜日は家族で過ごすことが多かった僕は、そのことをあまり気にもしていなかった。

十一月の日曜日だったと思う。その日はクラブ6が集まらないと決めた日だった。でも、鳩の餌が心細くなってきたので、トクに相談しようと思い、僕は一人でトクの家に行った。

でもトクの家には誰もいなかった。僕はしばらく、トクの鳩舎の前で百羽の鳩を眺めて待つことにした。見ているだけで楽しかった。一時間はそこにいたと思う。

突然、「フミ！　どうした」と言う声に振り向くと、そこに作業用のつなぎを着たトクが立っていた。

僕はすぐにわかった。トクが今まで畑の仕事をしていたことを。なんせ、つなぎは土で汚れ、汗がにじんでいるトクの顔にも土がついていたからだ。

「畑仕事をしていたのかい？」と僕が聞くと、「そうだよ」と当たり前のように答えた。

そんなトクを見て、僕はとにかく申し訳ない気持ちになった。

「鳩の餌がなくなったんだろう」と、トクが言ってくれたので、「うん」とだけ僕は答えた。

トクは、手招きして大きなシェルターのような倉庫に僕をつれていった。

「まだ、仕事があるから、今日は一緒に遊べないんだ」と、トクはいつものようニコニコしながら肥料袋に入った小麦を僕に手渡してくれた。

帰り道、僕は本当に自分が恥ずかしくてしかたがなかった。自転車をこぎながら、きっと他の仲間たちも、トクのように家の手伝いをしているのだと思うと、ますます自分が情けなかった。

僕は、その日から自分から家の手伝いをすることにした。トクや他のみんなに比べれば、ささやかなことだけどストーブに使う石炭を石炭庫から家の中に運ぶことと、風呂釜を焚くことを自分の仕事と決めた。

この土地に来るまで、石炭を利用したことがなかったので初めは扱い方に戸惑った。けれど、いざ使ってみると、石炭は灯油より格段に暖かかった。極寒のこの土地では石炭ストーブは間違いなく必要なものだった。だから、石炭を運ぶことはささやかな仕事だけれど、我が家にとっては大切な仕事でもあった。

そんな僕の変わり様を一番喜んだのは母だったと思う。いつも石炭を運んでいたのは母だったからだ。

スキー

僕は冬が大好きだった。それはスポーツのなかで一番スキーが好きで得意だったからだ。小学校に入る前からスキーを始めた。それは父の知り合いにスキーの指導員がいて、その人によく連れて行ってもらったからだ。

北海道の学校ではどこでもスキーかスケートのどちらかは体育の授業として行っていた。そして、どの学校でもスキー大会か、スケート大会が盛んに行われていた。

それは僕の通っていた小中校でも同じで、二月にスキー大会が行われた。ただ、小学一年生から中学三年生まで一斉に行うので、他の学校とはかなり様子が違っていた。

スキー大会の花は、やはり大回転という種目だ。青と赤の旗門の間を滑り、そのタイムを競うアルペン競技である。学校の大会といえども、かなり本格的な大会であった。

ここのスキー場は学校の裏山にあって、地域の人が学校のために整備したものだったが、そのことを考えても随分立派なスキー場であったと思う。

そのお陰で、ここの子はみんなスキーが上手だった。ただ、さすがにリフトはなかったので、滑るためには自分の足で登らなければならなかった。

大会当日、スキー場は前の日からかなりの雪が積もっていて、このままではスキー大会ができないのではと、僕は心配した。

でも、中学生の男子生徒全員と先生方があっという間にスキー場を踏み固めてくれたのだ。

時々、中学生の活躍が見られるのは小中学校の良いところかもしれない。なんせ、ここの中学生はみんな大人顔負けに働くのである。小学生の僕たちはその姿にあこがれ、そんな風になりたいと、誰もが自然と思っていたのだ。

大回転は上から下まで、二十ほどの旗門がセットされたコースであった。小学一、二年生は、この競技にまだ参加できなかったが、三、四年生はちょうど上から半分あたりがスタート地点となっていた。
五、六年生は、一番上の中学生と全く同じ場所からスタートした。ここの子どもたちは、小学校の高学年ともなれば、みんな上から下まで平気で滑ることが出来たからだ。
大会には、多くの親たちも来ていた。我が子の様子を見るだけでなく、コースの設置や整備の手伝いもしてくれていた。

当時、大回転のタイムの計測はスタートとゴールを無線で連絡して、手動のストップウォッチで計っていた。

「ゼッケン66番、準備完了」とスタートの先生がゴールに無線で連絡する。

「ゼッケン66番、スタート十秒前」とゴール地点からコールされる。

66番は、僕のゼッケン番号だ。

「五、四、三、二、一、スタート」

スタート係の先生に肩をたたかれ僕はスタートした。両手のストックに力を込め、二、三歩大きくスケーティングをしながらスタートした。

最初は青の旗門を左にターンする。すぐに赤の旗が迫る。少しステップしながらその赤の旗のポールに体をぶつけるようにターンをする。

三つ目の旗門から急斜面になりスピードがでる。スキー板が流されないように、両膝を意識しながら少し強めのエッチングでターンをした。

前の学校にいたときから、競技スキーのトレーニングをしていた僕には、それほど難しいコースではなかった。途中の緩斜面ではストックを抱えクラウチングしたままターンをした。空気抵抗を小さくするためだ。そして、僕はそのままの姿勢でゴールした。

すると、見ていた人たちから、「おおー！」とか、「すごい！」とか、大きな歓声が上がった。

その日、僕は一躍有名人になった。僕のタイムが後で滑った中学生の誰よりも速かったからだ。小さな学校ではあったけれど、中学生には転校生の僕を知っている人はそれほどいなかったのだと思う。だいたい、普段の生活の中で中学生が小学生を意識することなどほとんどないからだ。だから、余計みんなが驚いたのかもしれない。

次の日から下級生たちの何人かは、わざわざ僕の顔を見に教室までやって来た。スキーをする時は、帽子を深くかぶりスキー用のゴーグルをしていたから有名になったとはいえ、僕の顔はよくわからなかったらしく、どんな顔をしているのかわざわざ確かめにきたのだ。

中学生にも声をかけられることもあった。「フミ。おまえ、すごいなぁ」とか、「スキーやたらうまいな」とかだった。僕は相手が中学生なので、声をかけられるたびにドキドキしたが、みんな好意的だったので嬉しかった。

それから、しばらくの間いろいろ人から、「スキーヤー・フミ」と声をかけられた。僕は照れくさかったけれど、でも本音はとても嬉しかった。こんなに多くの人たちから褒められ注目されたのは初めてだったからだ。

冬の間はクラブ6で毎日のようにスキー場に出かけた。相変わらず、六人そろって学校が終わったらすぐに裏山のスキー場に行った。スキーはいつも学校に置きっ放しにしてあったので、僕たちは放課後、手軽にスキーを楽しむことができたのだ。

僕はクラブ6のスキーの先生になった。それぞれ鳩、釣り、勉強、車、サンショウウオの先生にお世話になっていた僕が、今度はスキーの先生になった。そして、これで本当の意味でクラブ6の一員になった気がした。

そんな大好きなスキーシーズンもあっという間だった。あれだけ雪が積もっていたスキー場は、三月の半ばになると、ところどころに土が顔を出し始めた。

卒業

スキーシーズンの終わりとともに、僕たちは小学校を卒業する日がやってきた。

卒業式には男子は学生服、女子はセーラー服を身に着けた。やはり女子は随分大人っぽく見えた。でも、男子はというと、みんなダブダブの学ランのせいか滑稽に見えたと思う。それでも、僕たちは学生服を着ることで、いよいよ中学生になるのだという、気持ちが高ぶっていた。僕たちは、まだまだ子どもだったけれど、それでも少しだけ大人に近づき始めていたのだ。

卒業式の一番最後には卒業生を代表しての答辞がある。当然、答辞を読むのはリーダー格の女子と思っていたけれど、担任の先生はナカを選んだ。彼が教師の息子だからではない。いつだって、みんなのことを考えていることを先生もよくわかっていたからだと思う。

もし、ナカ以外の男子だったら、きっと女子たちは反乱を起こしたに違いない、でも、ナカが選ばれたことに誰もが納得していた。

卒業式当日、ナカはみごとに僕たちの代表として答辞を読みあげた。

普段ナカが無口なのは、自分のことで先生であるお父さんに迷惑をかけたくないからだと、僕はそう思っている。ナカは何も言わなかったけれど、父親が自分の通っている学校の教師であったことで、息子としてかなり気を遣っていたのに違いない。本当のナカは、周りが思っているよりずうっと積極的で、人前に出ても堂々とできる、そんな人間なのだ。

ナカが答辞を読むことに決まった時、「フミだったら、どんな答辞にする」と聞かれた。

僕は、自分がやるわけではないので、「先生とみんなへの感謝と、それから、自分の夢について語りたいな」と、軽い気持ちで答えた。

「そうだね。まず感謝の気持ちが大切だね。それに夢はもっと大切かもしれない」とナカはそう言った。

そして、「フミの夢は何？」と聞かれて、僕はどきっとした。偉そうなことを言った割には、将来についてあまり考えたことがなかったからだ。

それでも僕はしばらく考えて、「夢と聞かれても、まだ漠然としていて、うまく言えない」と正直に答えた。

「僕も、そうさ」とナカが続けた。

「でも、今、少しだけ気になっていることがあるんだ」、僕は、大好きな宮沢賢治のことを思い出していた。

「読んだ本に書いてあったんだけれど、『ほんとうのさいわいはいったいなんだろう』って……ちょっと気になっていた」と、僕はそう言った。

「それ、『銀河鉄道の夜』に出てくる言葉だね、僕も知っている」とナカが嬉しそうに答えた。

「ナカ、僕ね。ここの学校に転校するとき、初めすごく嫌だったんだ。田舎には行きたくないと本当に思っていた」

「僕も転校生だから、フミの気持ちはわかる気がする」

「でもね。僕はここに来て、本当に楽しくて、ナカやクラブ6のみんなに会えて、本当に嬉しいんだ。そう、『銀河鉄道の夜』でジョバンニが言った、『ほんとうのさいわい』とはだいぶ違うかもしれないけれど、それでも何が幸せで、何が大切なのか、少しだけわかったような気がするんだ」

僕は真剣にそう話した。

「フミは、すごいことを考えているんだね」とナカは言ってくれた。

卒業式のナカの答辞は、本当にみごとだった。先生や在校生、なによりも親への感謝がとてもよく伝わってきた。そして、いかに小学校生活が楽しかったか、その経験を生かして進学する中学校でもがんばっていきたいというような内容だった。

ナカは最後に、「僕たちがこれからやるべきことは、『ほんとうのさいわい』をみつけることです」と、答辞を結んだ。

僕たちが入学する中学校は同じ建物の中にあった。クラス全員がそっくりそのまま同じ建物の中学校に入学するのである。

小学校を卒業するということは同時に、父と約束した二年間の半分が終わりを告げたことになる。僕は、ここで過ごした一年を思った。クラブ6の仲間との楽しかったことを思った。今まで経験したことのなかった驚きや喜びをかみしめていた。そのことは間違いなく僕の本当の気持ちだった。

でも、父の転勤がなければ大きな街の大きな中学校に行くはずだったことを思った。都会で過ごすはずだった自分を思った。

本当にこれでいいのかと、どこかで感じている別の僕もいたのは事実だ。

僕は、ちょっと複雑な思いを抱えながら、今まで通っていた小学校と同じ校舎のなかにある中学校に入学した。

三人同盟

入学

小学校と中学校が一緒の学校は、卒業式も入学式も一緒だった。それでも入学してみると、全く別々の学校と言ってもよかった。先生も違うし、中学校にはなんといっても部活動があった。

校舎の真ん中あたりに大きな玄関があり、入って右側が小学校、左側が中学校になっていた。学校に入って右に進むのと左に行くのとでは全く世界が違った。同じ建物なのに中学に入学したら、小学生と接することはほとんどなくなってしまったからだ。小中学校とはいえ中学校はやはり中学校であった。

クラスは六年生の時と全く同じメンバーだったけれど、僕たちの生活は一変した。まず、あれだけ仲良しだったクラブ6は一緒に遊ぶことはほとんどなくなってしまった。全員、部活動に加入したからだ。

部活と言っても小さな学校だったので、男子が入ることのできる部活は三つしかなかった。野球部と卓球部と美術部だ。僕は迷わず卓球部を選んだ。当時、日本の卓球、特に男子は世界のトップレベルだった。日本代表の選手が世界大会で活躍している様子をテレビで見て、やってみたいと思っていたからだ。

ナカはもともと絵がとても得意だったので美術部に入った。残りの四人は全員野球部に入部した。当時、男子に一番人気があったのはやはり野球で、女子はバレーボールだった。

どの部も毎日夕方六時過ぎまで練習していたので、以前のようにみんな揃って集まることはできなくなってしまったのだ。

クラスは一緒なので、相変わらず仲は良かったけれど、それでも、それぞれが部活中心の生活になってしまった。

卓球部

僕が入部した卓球部には三年生が四人、二年生も四人、そして新入部員は僕一人だけで全員男子だった。

田舎のせいか、特別威張る先輩も怖い先輩もいなかったことはとても助かった。むしろ、一年生が僕一人だったので、先輩たちみんなから可愛がってもらったと思う。それでも、中学校では先輩の名前には敬意を込めて、「さん」付けすることが当たり前だった。

部長は、「彰《あきら》」という名前だった。同じ三年生は、「彰」と呼び捨てだったけれど、二年生は全員、「彰さん」と呼んでいたので、僕も当然「彰さん」と呼んだ。

体育館はとても広かったけれど、校舎より前に建てられたものらしくすべて木材でできていた。天井を見上げると、太い梁に何本もの木材がパズルのように組み合わさっていて、驚いたことにそこにコウモリが棲み着いていた。

卓球部はその体育館の半分をつかって四台の卓球台を並べて練習した。

一台の卓球台に当然二人で向かい合って練習をする。三年生、二年生がそれぞれ四人いるので、四台の卓球台は二、三年生でちょうどうまってしまう。

いざ入部してみると、僕は球拾いばかりやらされた。三年生からは、「しばらくがんばれ」と優しく言われていたし、部長の彰さんからは、「いつでも練習できるように、ラケットは用意しておけ」とも言われていた。

でも、入部して一週間たっても、僕だけが球拾いの日々が続いていた。

体育館の残りの半分は、女子バレーボール部が練習している。部員は全部で二十人以上はいたと思う。卓球部と違って、初めから終わりまで元気な声を出しながら練習していた。

バレー部の顧問は、とても厳しい先生で、最初から最後まで怒鳴りながら指導をしていたので、僕は自分まで怒られているようで気が気ではなかった。

バレー部には、同級生の女の子も何人かいたが、やはり球拾いをさせられていた。時々、「ボール拾い、遅いよ」と、先輩たちに怒られてもいた。僕はちょっと気の毒に思いながら見ていた。

卓球部とバレー部の間は、危険のないように体育館の天井から仕切りのネットが張られていたけれど、卓球の球は小さいので、しょっちゅうネットをすり抜けてバレーコートまでいってしまう。僕はその都度、「すみません！」と言いながらバレーコートのなかまで球を拾いに行った。時々、同級生の女の子が卓球の球を拾ってくれて、「がんばってね」と励ましてくれた。そんな時は、部活が違っても、同じ辛さを共有しているようでとても嬉しかった。だから僕は必ず、「ありがとう」とバレー部に負けない大きな声を返した。

卓球部の練習は、すべて三年生の指示に従って行われる。顧問の先生は、練習が終わる十分か十五分前に来て、少しだけ様子を見た後、最後の最後に部員全員を集め、その日どんな練習をして、どうだったかを各自に言わせるのである。

一番最後に僕は、「今日も球拾いだけがんばりました」と、ちょっとふてくされ気味に言った。

すると、「先輩たちのために頼むぞ」と、僕の頭をなで、顧問の先生は職員室に戻っていくのである。

当時の中学校には、バレー部顧問のようにかなり厳しいけれど最初から最後まで生徒と練習する教師と、僕ら卓球部のように、優しいけれど、時々しか来ない二つのタイプの先生がいた。どちらがいいのかわからなかったけれど、僕にはその時の卓球部はとても居心地がよかった。

とにかく卓球台を使って練習がしたい僕は、差別されているようで内心ものすごく腹が立っていた。

でも、たった一人しかいない一年生の僕にはどうすることもできなかった。

先輩たちは練習が終わると、「球拾いご苦労さん」とか、「明日もよろしく、頼むなぁ」とか、みんな、優しく声をかけてくれたのでよけいに何も言えなかった。

卓球部に入って二回目の日曜日、いつものように球拾いをしていると、部長の「彰さん」が僕を呼んだ。

「今日は俺が相手をするから好きなよう打ってこい」と言ったので、大喜びで卓球台に向かった。彰さんは二十分近く何も言わずに相手をしてくれた。お礼を言って後ろを振り返ると、いつも彰さんの相手をしている三年生のタモツさんがひたすら球拾いをしていた。僕は驚いて、すぐにタモツさんのところへ行き球拾いを代わった。

次の日は、タモツさんが僕を呼んだ。そして、二十分間連打の練習相手をしてくれた。ちょっと気になって振り返ると、部長の彰さんが球拾いに走り回っていた。僕は申し訳ない気持ちで一杯になり、部長のところに駆け寄った。

「代わります」と言うと、「じゃ、頼んだぞ！」と、にこにこしながら球拾い用のかごを僕に手渡した。

次の日は、別の先輩が相手をしてくれた。そうして、毎日二十分間だけれど、誰かが僕の相手をしてくれて、その間、先輩の誰かが球拾いをするようになった。

卓球部の先輩たちはみんな優しい人たちだった。たった一人の一年生を大切に思ってくれていたのだ。

それなのに、先輩たちの気持ちを知らない僕は、初めのうち自分のことばかり考えていた。

七月には中学校体育連盟が主催する大会、通称、中体連と呼ばれる最も大切な大会が行われる。地区大会から始まって全道大会、そして全国大会まで続く大きな大会でもある。先輩たちはこの大会のために、ひたすら練習してきたのだ。

大会に出ることができるのは、団体戦、個人戦を合わせても五人だけであった。四人の三年生の他に、一人だけ「純一《じゅんいち》」という二年生が選ばれた。

先輩たちからは、「ジュン」の愛称で呼ばれている。本当なら、後輩の僕は、「純一さん」と呼ぶべきだったが、「ジュンちゃん」と呼んでいた。同じ二年生は、みんな「ジュンちゃん」と呼んでいたからだ。

ジュンちゃんは、男女問わず、とても人気があった。運動神経もいいし、何といっても映画俳優みたいな顔をしていた。それでいて、人あたりが良くて誰にでも優しかった。僕が卓球部に入部してすぐに声をかけてくれたのも、「ジュンちゃん」だった。

本来なら、中体連には代表になった五人しか出場できない。でも、卓球部顧問の先生は実は二人いて、そのうち一人は普段は全く練習には来ないのだけれども、大会には先生の二台の車で行くことになった。生徒はちょうど八人が乗れるということで、選手になれなかった二年生も一緒に行くことになった。残念なことに、僕だけ車に乗れないので学校に残ることになってしまったのだ。

中体連の予選大会は各種目が同じ日に一斉に行われていたので、ほとんどの生徒は大会へ出かけていった。人数が多い野球部やバレー部などは大型のバスを使ったので、補欠にもなれなかった一年生も全員大会に出かけた。残ったのは、美術部の数名と卓球部で一人残された僕と、そしてもう一人、二年生の女の子だった。

ピアノ

中体連には行かず、学校に残っていた二年生の女の子と僕の家は、家族ぐるみのつきあいをしていた。彼女の父親と僕の父は同じ仕事をしていて、同時期にここに引っ越ししてきたのだ。家も隣だった。

僕の父とその娘の父は、地質調査のような仕事をしていて、ここの土地で二年間、何かをつくるための何かを調査していたらしかった。それは、かなり重要な仕事であるらしいことは僕にもわかっていた。

その娘は、「ケイ」という名であった。僕より一つ年上だったけど、僕はその娘を、「ケイちゃん」と呼んでいた。ちょっと細身で、髪が長くて、とてもキュートな娘だった。

ケイは、どの部活にも入っていなかった。ほとんどの人は知らなかったと思うけど、ちょっと厄介な病気を抱えていたからだ。そのため医者からは激しい運動は止められていた。

　それでも、体育の授業はなんとか出ていたし、ほとんどみんなと何も変わらない生活をしていたから、誰も彼女がひどく重い病気だなんて気づいてはいなかった。でも、僕だけは知っていた。

　みんなが中体連の大会に行った日、美術部の生徒は一日中、美術室で絵を描いていた。僕が美術室に顔を出すと、全員が輪になって石膏像をデッサンしているところだった。

　美術室に行ってみると、静けさのなかに何とも言えない緊張感が漂っていた。しかも、誰一人呼吸もせずに手だけを動かしているように見えた。そこにはナカもいたが、声をかけられる雰囲気でなかったので自分の教室に戻った。

　担任からは教室で好きなことを自習するようにいわれていたので、教室で一人、数学の問題を解くことにした。その日は授業ではまだ習ってはいない図形の問題を解くことに決めていた。

　父からもらった、ちょっと高級なコンパスを取りだして、図形を描いていると、そこに教頭先生がやってきた。そして、何も言わずに僕のノートをのぞき込んだ。

　先生の中で学校に残っているのは、教頭先生だけで、校長先生はどこかの大会に応援に行ったのだと思う。

教頭先生が、「随分、立派なコンパスだね」と言ったので、「父からもらった製図用のコンパスです」と答えた。

僕は、角の二等分とか、垂直二等分線の作図法を使って、いろいろな図形を描く問題に取り組んでいるところだった。

それを見て、「君は、角の二等分線の作図はできるようだね」といったので、「はい」と自慢げに答えた。

「どうやら数学が得意そうなので、私からちょっと難しい問題を出そうと思うのだが、挑戦してみるかね」と、大柄の教頭先生は熊のプーさんのように笑った。それで僕はちょっとほっとした。いつだったか、廊下を走っている先輩を見つけて、「こらぁー、走るなぁ！」と怒鳴っているところを見たことがあったからだ。

とにかく、僕にはたっぷり時間があった。喜んで受けて立つことにした。

教頭先生からの問題は、いたってシンプルなものだった。

それは、

『コンパスと定規だけを使って、角の三等分線を引く』という作図問題だった。

角の二等分ができるのだから、どんな角も等しく三つに分けることができるはずと、簡単に思ったのでさっそくノートに角の三等分線の作図を試みた。

父からもらったコンパスは実に正確に円を描けた。コンパスの機能は円を描くことだけではない。同じ長さの線（線分）を別の場所に移したり、線分を等しい長さに分けることもできる。

そのことは、父からもらったときに教えてもらったことだ。それ以来、コンパスを使って作図をすることが好きになっていた。

一時間は集中して、「角の三等分線」の作図に挑戦したと思う。

しかし、思った以上に苦戦した。できそうで、なかなかできないのである。できたと思って分度器で実測してみると、どうもわずかに違う。幾つか作図してみるものの、なかなか角の三等分にはならなかった。

そんなときだった。どこからともなくピアノの音が聞こえてきた。僕はその音色につられるように廊下に出た。

それは音楽室に違いなかった。なんせ、学校には音楽室にしかピアノがなかったからだ。そして、僕にはそれが誰が弾いているのかはわかっていた。

なかなか解けない数学の問題を投げだし、音楽室に足を向けた。長い廊下を進むにつれ音は大きくなり、僕は急ぎ足になっていた。

思っていたとおりケイだった。そこには、一人ピアノに向かうケイがいた。僕は気づかれないように廊下からそおっと覗いた。ケイの長い髪がピアノの美しい旋律とともに輝きながら揺れている。

ピアノが弾けない僕にもその曲がベートーベンの「エリーゼのために」、であることはわかった。すぐそばでこの曲を聴くのは初めてだったけれど、心のどこかが震えているのがわかった。

ケイは弾き終わると、両手を鍵盤においたまましばらく動かなかった。自分の指先をじっと見つめたまま、肩を大きく上下しながら呼吸していた。

人がいる気配を感じたのか、後ろに立っていた僕を見つけて、ちょっと驚いた顔をしたけれど、すぐにすてきな笑顔を見せた。

今まで学校でケイと話したことはなかった。廊下ですれ違っても、彼女は僕のことを見過ごすのである。

でも、家族ぐるみでどこかに出かけたときはまるで違っていて、いつもいろいろな話をしてくれる。もともとは、とても明るくて話好きな性格なのだ。

中学に入学してすぐ、廊下ですれ違ったケイに手を挙げて声をかけたことがあった。でも、ケイは、僕のことなど全く知らないという顔で通り過ぎていった。それ以来、ケイとは学校では話すどころか、すれ違っても目も合わすことはなかった。

ケイは、中学二年生の女の子としては、かなり大人びていて、そして、僕はというと、中学生というよりまだまだ小学生に毛が生えたような感じだった。なんせ、背丈もケイより低かったのだから。

ケイは、ピアノのイスに座ったまま、僕を手招きした。いつもと違うケイにちょっと驚いたが、あたりには誰もいなかったので音楽室に入った。

「フミちゃん」、ケイは僕のことをそう呼んでいた。「今日は置いてきぼりなのね」と、ちょっと同情するように言った。

「ちょうど、僕だけが車には乗れなかった」と答えると、「先生も先輩もひどいわよね。こんなにかわいい後輩を一人だけ学校に残すなんて」と、とても気の毒がってくれた。

でも、僕は気の毒ではなかった。とても選手に選ばれる力はなかったし、一緒に行けたとしても小間使いの一日になることはわかっていたからだ。それに、まだ解けてはいないが、おもしろそうな数学の問題にも出合ったし、何よりベートーベンの曲を生で聴けたのだから。

「ケイちゃんは、一人でつまらなくないの」と、僕は聞いたと思う。

僕の質問には答えず、「フミちゃん、今、私のピアノ聴いてくれていた」

「聴いていたよ。『エリーゼのために』、だよね」

「フミちゃんがいてくれて、よかった」と、ケイは微笑んだ。

「えっ。何が……」と僕は聞き直した。

「だって、ピアノを弾くものにとって誰かに聴いてもらえたときほど嬉しいことはないのよ」

そう言うと、ケイは再び鍵盤に向き合い、目を閉じて、一呼吸してから、「エリーゼのために」をもう一度最初から弾き始めた。

僕は、ピアノのことも、クラシック音楽のことも、それほど詳しくはなかったけれど、さっきの演奏より、ゆっくりと音が流れて、その音が僕の心のなかに入り込んでくるように感じた。音そのものがまるでケイの体から放たれていたように思えたからだ。

ケイは弾き終わると立ち上がり、僕の方を向いて丁寧におじきをした。

僕はケイの顔を見つめたまま拍手をした。

数学の問題は、とうとう解くことができなかった。帰る前、職員室に行くと教頭先生がいたので、一晩考えさせてほしいと言って学校を出た。

家に帰って、買い置きしてあった新しい大学ノートを開き、角の三等分線の作図に再挑戦した。かなりいい感じの線が引けたが、分度器で確かめてみると、やはりわずかに三等分とはならないことがわかった。

父に相談してみようとも思ったけれど、やはり自分だけで解くことにした。教頭先生に言ったとおり、一晩中机に向かって挑戦することにした。

でも、いくら挑戦しても、残念ながら作図は完成しなかった。

不思議なことに、数学の問題を解いている間ずうっと、ケイの弾くピアノの音が頭の中に響いていた。あの「エリーゼのために」、その最初のフレーズが、ケイのピアノの音が、何度も何度も繰り返し、いつまでも頭の中から離れなかった。

次の朝、いつもよりかなり早く登校した。そして、真っ先に職員室の教頭先生のところに行って、

「教頭先生。一晩考えたのですが、角の三等分は出来ないです」

教頭先生はじっと僕の顔を見つめていたので、

「どうやら、僕は数学の才能がないようです」と言って、ノートを差し出した。

真新しい大学ノートには、まるまる全部のページに作図が描かれていた。それも、みごとに失敗した図形が無数に描かれていたのだ。

教頭先生は、そのノートをパラパラと眺めると、にこっと、今日はお猿さんのように笑った。

「随分、がんばったようだね。君は、数学が好きかい」

「はい」

「よろしい！　君は一晩かけて、正解を導き出したね」

「でも、僕は……解けなかったです」

「さっき君は、『角の三等分は出来ないです』と言ったじゃないか」

「はい」

「それが正解なのです。角の三等分線はできない」ときっぱり言った。

「えっ！」と僕は、うめきに近い声を発したのが自分でもよくわかった。

「正確には、角の三等分線は、コンパスと定規では作図できない。これが正解なのです」

教室に戻ると、同級生はまだ誰も登校していなかった。

その時、廊下から僕を覗いている娘がいた。ケイだった。ケイは時々朝早く登校して、音楽室でピアノの練習をしている。

「今日は随分早いのね。もしかして、教頭先生に怒られていたの」と、心配そうに聞いてきた。

僕は、「ケイちゃん、ありがとう」と言って口をつぐんだ。すぐに、何人かの同級生が教室に入ってきたからだ。

ケイは、また、ちょっとだけ微笑んで、自分の教室に戻っていった。

僕は、頭の中で繰り返し流れていたピアノの音が消えていることに気がついた。さっきまでずうっと鳴り響いていたのに、いつの間にかピアノの音は頭の中からは完全に消えていた。

この時の出来事が、将来、数学に関わる仕事をしたいと思うようになった原点だったような気がする。

天体望遠鏡

七月のある日曜日、ちょうど夕飯を食べ終わったころ、部活を引退していた彰さんが僕のうちに突然やって来た。

「よぉ！　フミ元気か」と玄関に入るなり声をかけてきた。

「彰さん、どうしたんですか」

「おまえに見せたいものがあって、はるばるM78星雲からやってきた」

「えっ！」僕は訳もわからずいると、「ちょっと外に来ないか」と誘った。

彰さんは実に男らしい人物だけれど、時々おもしろいことを言う。センスがいいのか、天然なのか、とにかくそこが不思議と魅力的な先輩なのだ。

外に出ると、彰さんの自転車の後ろには、大きな細長い木の箱が縛り付けられていた。

「フミ、ちょっと箱を押さえてくれ」と言って、彰さんは手際よく縛り付けていた細いロープをほどいた。そして、二人がかりで、大きな長い木の箱をおろした。

「これ何かわかるか」と、彰さんはにやにやしながら言った。

僕はまるで見当がつかず、黙り込んだ。とてもりっぱな箱で、しかもけっこう重い。

「まあ、見た方が早いなぁ」と、箱の金属のフックを外し、ふたを開けた。そこには、白くて長い筒型のものが横たわっていた。

「天体望遠鏡!!」と、僕は思わず口にした。

「ご名答、正真正銘の天体望遠鏡さ」

「今日はとても天気がよかっただろう。もうすぐ月も昇ってくるから、フミと一緒に観ようと思ってさ」

彰さんは、僕に月を見せるために自分の天体望遠鏡をわざわざ自転車に積んでもってきたのだ。

いつだったか、かなり大きな部分日食の日があって、全校生徒がグランドに出て、部分的に欠ける太陽を観測したことがあった。もともと理科の先生だった校長先生が言い出したらしく、理科の授業ではなかったけれど、小学生も中学生もグランドでワイワイガヤガヤと太陽を観測したのだ。

その時、彰さんが僕のところに来て、「太陽もいいけれど、月の観測はもっとすごいぞ」と言ったことがあった。

その時僕は、科学雑誌の付録についてきたおもちゃのような天体望遠鏡で月を観測したけれど、うまく見えなかったことを話した。すると、「今度、俺の天体望遠鏡で見せてやるよ」と、確かに彰さんがそう言ったのだ。

彰さんは言ったことは必ずやる、約束は必ず守る、そういう男だった。

その日はまだ満月ではなかったけれど、東に昇った月はとても明るく輝いていた。彰さんはあっという間に天体望遠鏡を組み立てると、レンズを月に向けてセットした。大きな天体望遠鏡にはもう一つ白い小さな筒が付いていた。まず、その小さな筒、つまり小さな望遠鏡で月を捕まえるのである。いきなり大きな望遠鏡で月や星を捉えることはできない。小さな望遠鏡で目標物を捉えると、今度は大きな望遠鏡のピントを合わせるのである。

「フミ、観てみろ！　これが本物の天体観測だ」と、彰さんにしてはめずらしく自慢げに言った。

言われるままレンズを、そおっと覗くと、いきなり黄金色に輝く月の表面が飛び込んできた。そこに無数のクレーターが現れたのだ。あの人類が初めて月面に着陸したアポロ11号さえ見えるような、それほどリアルで大きな月がそこにあった。

彰さんは僕にとって、ただの先輩ではない。クラブ6の友人とも違う。今思うに、生涯の中で出会うことのできるごくわずかな大切な人だった。

月を観た次の日曜日、また彰さんが僕のうちにやってきた。その日は夕食前だったので、母が「夕飯を一緒に食べない」と言うと、彰さんは、

「喜んで、ごちそうになります」と元気いっぱいに応えたので、母は大笑いをしながら彰さんを家に招いた。

夕食後、彰さんはとんでもないことを言いだした。

「フミ。この前の月はどうだった」と聞くので、「すごかったです。月の表面があんなにはっきり観られるとは思わなかったので、びっくりしました」

僕は、親しくなっても彰さんには敬語を使っていた。

「だろう！　本当に月はすごいよなぁ」

「ところで、フミ。去年アポロが月に着陸しただろう。あの時、アームストロング船長が月の石を持ってきたことは知っているか」

「はい。もちろんです」

世界中が驚き注目した人類史上初の月面着陸、当時、そのことを知らない人はいなかった。

「その月の石を見たくないか」

「見たいです」と僕はなにげなく答えた。

「じゃ、見に行こうぜ!」

「えっ」、「見に行くって……」

「フミ、おまえ知らないのか。今、大阪でやっている万国博覧会」

「知っていますよ」

「万博の会場にアメリカ館というパビリオンがあるんだ。そこにあのアームストロング船長が持って帰った月の石が展示してあることを知らないのか」

僕はもちろん知っていた。月の石だけでなく、月面に着陸した機体と同じものがあることも知っていた。

すごく見たいと思っていたけれど、場所は大阪だし、とても行けそうにない。なんせ、生まれてから北海道から出たこともなかったからだ。

「フミよ。万博は九月には終わってしまうぞ。今行かなくていつ行くんだ」

「でも、どうやっていくのですか」

「もちろん、汽車に乗っていくのさ。ただ、函館から青森までは青函連絡船に乗って、青森に着いたら日本海周りの寝台特急にのれば、大阪には一日で着くんだぜ」

彰さんはすでに切符を手配したかのように説明した。

「そうですけれど、……」

「じゃ、いこうぜ。二人で行こう」

「でも、僕は無理かもしれません。親がなんていうか……」

　確かに今行かないと、もしかしたら月の石は一生見ることができないかもしれない。彰さんの突拍子もない話を聞いているうちに、行きたいという気持ちが込み上げてきた。でも、どう考えても無理な話である。

「まぁ、心配するな、俺に任せておけ」と言うと、彰さんは、僕の父親に「二人して大阪万博に行くことを」直談判しだした。

　万博は二度と日本では行われないかもしれないこと、万博を見に行くことは中学生にとってすばらしい経験であることなど、力説してくれた。

　彰さんの話を聞いた後、父は僕に「本当に行きたいのか」と聞いた。僕は、「本当に行きたい」とだけ答えた。なんとしても月の石が見たいと言いたかったけれど、まずは万博に行きたいという意思を父に伝えた。

　後でわかったことだけれど、この話には僕の知らないところでいろいろな人が関わっていた。実は、彰さんがあれほど強気だったのには理由があった。旅行会社が企画した、「夏休みに行く大阪万博」というツアーがあって、すでにそのツアー二名分の予約が取れていた。彰さんのお父さんが予約を取ってくれたらしい。

ただ、このツアーはとても人気があり、募集と同時に売り切れとなったツアーだったが、彰さんのお父さんは募集がとっくに終了しているにもかかわらず強引に二名分を確保したのだ。

彰さんの家も農家だったが、お父さんは農業組合の組合長さんで、この辺では一番の顔役だった。万博ツアーは、そのお父さんの力で手に入れたものだと後から父が教えてくれた。

しかも、その組合長さんは僕と彰さんに内緒で、僕の父にこの話を事前にしてくれていたのだ。

それぞれの親のお陰で、彰さんと僕は、生まれて初めて大きな旅行を経験することになった。僕にとってはただの旅行ではなく、それはまるで全くの未知の世界に踏み込むようなものだった。

今はすでになくなってしまった青函連絡船にも、寝台列車にも乗ることが出来た。それはすべて僕にとって初めての経験だった。

僕たちの最大の目的は、大阪万国博覧会のアメリカ館に行って、アームストロング船長が持ち帰った「月の石」を見ることだった。そのため僕と彰さんは、博覧会の会場に着くやいなや二人して真っ先にアメリカ館に向かった。

広大な敷地には、奇妙な建物が幾つも並んでいて、そのなかを歩いているとまるで未来都市に迷い込んだような気分になった。

何と言っても、巨大で奇っ怪な塔が僕たちを圧倒した。万博のシンボル「太陽の塔」が屋根を突き抜けて、すべての人々を見つめていた。それは、岡本太郎という偉大な芸術家がつくりあげたものだった。

やっとアメリカ館のそばに着くと、そこには今まで見たこともない数の人たちが並んでいた。

川のようにうねった人々の列から呪文のようなものが聞こえてくる。日本語や英語だけでなく、いろいろな国の言葉が混ざっていたからだと思う。まさに世界中から人々が集まっていたのだ。

さすがの彰さんも、「すごすぎる」と、驚いていたことを思い出す。二時間は並んだと思う。それでも、ほとんど前に進まなかった。

僕たちの様子を見かねて、「今日はもうアメリカ館は無理みたいですよ」と言ってくれた人がいた。それを聞いて僕も彰さんも顔を見合わせ、アメリカ館を諦め別のパビリオンに行くことにした。

なんせ、八月の大阪は、死ぬほど暑かったし、のども渇いたからだ。北海道の人間にとって、三十度以上の気温は体にひどく堪えた。

会場には数えきれないほどの建物があったので、並ばなくても入場できるパビリオンを幾つか回って歩いた。いずれも聞いたことのない国のものだったけれど、外国に行ったような気分になれてとても楽しかった。

次の日、かなり早めに会場に向かった。僕たちのツアーは、万博会場には昨日と今日の二日間しか見られないことになっていたので、何としてもアメリカ館に入りたかったからだ。行ってみると、本当にびっくりした。昨日よりさらに多い人々が列をつくっていたからだ。会場の係員がプラカードをもって何か叫んでいる。聞こえてきたのは、「アメリカ館は、現在三時間待ちです」という言葉だった。

二人して、どうしようかと思ったが、ツアーの日程で、夕方には会場を後にしなければならない。迷いに迷ったすえ、僕たちはアメリカ館を諦めてソ連館に行くことにした。

ツアーの添乗員から、ソ連館の方が入りやすいと教えてもらっていたからだ。

ソ連は今のロシアの元の国である。正式にはソビエト連邦国という国だった。ソ連館に行ってみると、やはりかなりの行列だったが、一時間ほど待つことでようやく中に入ることができた。

僕は、ソ連館も見たいと思っていた。そこにはソ連の宇宙船ソユーズやボストークが展示されているからだ。アメリカのアポロ宇宙船と月の石は無理でも、せめてソ連製の本物の宇宙船を見ることができたのでかなり満足だった。

こうして、僕と彰さんの冒険旅行、万国博覧会ツアーは終わった。

帰ってきてから、会場でもらったパンフをよく読み返してみた。万博のテーマが、「人類の進歩と調和」であることをその時になって初めて知った。

事件

夏休みが明けるとすぐに新人戦と呼ばれる、一、二年生だけの大会があった。卓球の新人戦は個人戦だけの大会で、参加できるのは各学校から四名だけだった。二年生が四人いたので、今度も僕は大会には出場することはできなかった。

四人のなかで一番強かったのは、新部長になった、ジュンちゃんだ。他の二年生を全く寄せ付けないほど強かった。

僕も入学した当時に比べればかなり腕を上げたと思う。ジュンちゃん以外の二年生には練習試合で何度か勝てるようになっていた。でも、選手には選ばれなかった。

選手はすべて顧問の先生が決めた。僕はちょっと悔しかったけれど、でも文句はなかった。二年生になったら、僕はまた元の街に戻ることになる。卓球は好きだけれども、大きな学校に転校したら卓球部には入らないと決めていたからだ。

そう、あと半年したら僕は元の生活に戻ることになる。

そんなことを思っていたとき、ちょっとした事件が起こった。それは体育の時間、ジャージに着替えるための更衣室で起きた。

更衣室は一つしかなく、男女とも同じ場所を利用していた。でも、当時の体育は、男子と女子は別々の時間に行っていたので問題はなかった。女子の体育の時間、男子は技術科の時間だったからだ。

二年生の女子がその更衣室を利用していたとき、あるものがなくなった。なくなったのは髪を留める白い花びらのヘアピンだった。そして、それはケイのものだった。

ケイは体育の時間はいつも、その白い花びらのヘアピンで長い髪を留めていた。その日、ジャージに着替えたものの、朝から体調が悪く体育は見学したらしい。ヘアピンは更衣室に置いたままだった。

ケイは初め、ヘアピンがなくなったことは誰にも言わなかった。でも、本当はとても大切にしていたものだった。それはケイのピアノの先生だった人からいただいたものので、すごく気に入っていると、いつだったか僕に話したことがあった。

それから一週間ほどたった日曜日の夕方、ジュンちゃんが僕の家にやってきた。仲の良いジュンちゃんだったけれど、僕のうちに来たのはその日が初めてだったと思う。

「フミ、頼みがあるんだけれど」

ジュンちゃんは突然、そう言った。

「えっ……」

「フミじゃないと、できないことなんだ」

僕は何のことなのかわからず、ジュンちゃんの顔を見つめた。その日もやはりジュンちゃんは二枚目俳優のようにすがすがしい表情だった。

更衣室でケイのヘアピンがなくなったこと、ケイがそのことをジュンちゃんだけに相談したことを、僕はその時初めて知った。

そして、ジュンちゃんは、その白い花びらのヘアピンを僕の手のひらの上にのせた。

「これ、ケイの……」

「そう、ケイのヘアピンさ」

「どういうこと……」

僕は訳がわからず、ジュンちゃんを問いただした。

でも、やはりジュンちゃんはさわやかなままだ。

「俺さ、ケイに相談された時、必ず見つけるって約束したんだ」

「約束……」

「そう、約束」

「でも、どうやって見つけたの」と、僕はまたジュンちゃんに詰め寄った。

何かが僕の心の中で引っかかっていた。もやもやしたものがこみ上げてきた。もちろん、ジュンちゃんを疑ったのではない。それは、ケイがジュンちゃんだけに相談したからだ。

「フミだけには、どうやって見つけたか話すよ。でも、このことは誰にも内緒だぜ。もちろん、ケイにもな」

ジュンちゃんは、犯人はある程度限られていたと言った。

「なぜ、そんなことがわかったの」

何ともいえないもやもやする気持ちと、謎解きへの好奇心とが入り交じったまま、ジュンちゃんの答えをまった。

「普通に考えて授業を抜け出して他の学年が更衣室に入ることはないよな」

確かに、ここの生徒は授業を抜け出したりはしないし、抜け出したとしてもすぐわかると、僕もそう思った。

「まして、女子使用中の札がかかっている更衣室に男子が入ることはまず難しいよな」

僕は頷いた。

「つまり、犯人は絞られる」と、まるで探偵のようにジュンちゃんがつぶやいた。

僕もすぐにピンときたが、ちょっと口に出すのをためらった。

「フミも気がついたと思うけど、誰にも怪しまれず更衣室に入れたのは……」と、頭を少し左に倒しながら僕の顔をのぞきこんだ。

「つまり、ケイのクラスの女の子……二年生女子と言うことになってしまうけど」

「そのとおり」、ジュンちゃんはいつものようにさわやかに微笑んだ。

「でも、二年生の女子って、何人もいますよね」

ジュンちゃんは即答した、「ケイを除いて女の子は十二人」

「該当者が十二人も……」

「それが問題だった」

しかし今、ケイのヘアピンが僕の手のなかにあった。

「でも、見つけた」、と彼は静かに言った。

僕はますますどうやって見つけ出したのか気になった。

ジュンちゃんはもう一度、「このことは誰にも内緒だぜ。フミを信用しているからな」と言って話を続けた。

ジュンちゃんにも当然のことながら十二人のなかで誰が犯人なのかはわからなかっ

た。まして、小学校からずうっと一緒のクラスメイトを疑うのは辛かったと思う。

彼は意を決して、クラスの女の子全員と一人一人直接話をしたのだという。でもその話の中では、けっしてヘアピンのこともケイのことも触れなかったらしい。ではいったい何を話をしたのか、詳しいことは何も教えてもらえなかった。そして、ある女の子からケイのヘアピンを受け取ったと言った。もちろんその子が誰なのかは言わなかった。

ケイがジュンちゃんを信頼していたように、クラスの女の子みんなからジュンちゃんは信頼されていたに違いない。そのことは、クラブ6のナカにちょっと似ていた。

「フミ、このヘアピンをこっそりケイに渡してほしい」

「僕がですか」

「頼む。フミしかできないことなんだ」

僕はどうしたらよいのかわからず黙り込んだ。

「ケイには、クラスメイトが犯人だったことも、俺が見つけたことも話さないで渡してほしい」

「でも、ケイちゃんがなんて言うか……」

「だから、フミしかいないんだ。フミならケイもわかってくれると思うから、頼む」

そう言ってジュンちゃんは帰っていった。

僕は花びらのヘアピンを見つめながら、誰なのかわからない女の子を思った。クラスメイトと話すジュンちゃんを思った。そして、ジュンちゃんに相談したケイを思った。

僕はその日、夕食を終えるとケイを訪ねた。

ケイは、「今日も天体観測に誘いに来たの」とにこっとした。

僕は無言で首を振った。そして、あの白い花びらのヘアピンを手渡した。

ケイは手にした白い花びらをしばらくの間黙ったまま見つめていた。

「ケイちゃん、何も言えないんだけれど、僕、ある人からこれを頼まれて、でも何も言えないんだ、ごめん」

ケイは無言のまま僕を見ていた。こんなにもケイに見つめられたことはなかった僕は、きっと震えていたに違いない。

ケイは手にしたヘアピンをもう一度確認すると、

「ありがとう、フミちゃん」、そう言って手にしたものを握りしめた。

「その人にもありがとうって、伝えてくれる」と付け加えると、僕の目の前で長い髪を束ね、それを白い花びらで留めてみせた。

僕は、ほのかに漂う甘い香りのなかで、ケイのその仕草にただただ見とれていた。

刺し毛・再び

十月になるとスキー場のある学校の裏山は赤や黄色に変わり始める。

そのころ、僕の「刺し毛」は、りっぱな伝書鳩になっていた。時々、父の車で遠出することがあれば、「刺し毛」を連れていった。そして、手頃な場所に車を止めてもらい鳩を飛ばした。そしていつも、僕が家に帰ると「刺し毛」は先に戻っていた。

秋も深まってきたある日、五十キロも離れた街まで父の車で出かけることがあった。いつものように「刺し毛」を連れて行った。町の入り口あたりで車を止めてもらい、「刺し毛」をそこで放すことにした。

僕は「刺し毛」に「がんばれよ！」と優しく声をかけ空中に放った。

「刺し毛」は一気に空高く羽ばたき、僕の真上で円を描きながら旋回した。その日の空はかなり濃い灰色だった。真下から「刺し毛」を見上げた。同じ灰色の鳩は、空のなかに紛れてしまいそうだった。

いつもなら、五周ほど円を描いたかと思うと一気に自分の小屋の方向に向かうのだが、その日は違っていた。なかなか方向が定まらないのか、ずうっと回り続けている。

五十キロも離れた場所から放すのは、その日が初めてであった。今まではせいぜい二十キロほどだったから、きっと迷っているのだと思った。刺し毛の旋回は、だんだん大きくなって、そして僕はとうとう「刺し毛」を見失ってしまった。

僕はちょっと嫌な予感がした。今回はかなり距離があるので、戻ることができるのか不安になってきたのだ。

帰りの車の中で黙り込んでいた僕を察してか、父はラジオのスイッチを入れた。助手席のウインドウに頭を付けて灰色の空を見ていたら、聞き覚えのある曲が流れてきた。僕が気に入っている外国の曲だ。

「君がいるだけで、人生は、なんてすてきなんだ……」という歌詞が心の中にしみてきた。自分で言うのは恥ずかしいけれど、相変わらず見た目はまだ子どもでも、ある意味僕は、少しませていたと思う。それは紛れもなく、甘い恋の歌なのだ。

心配していたことが当たってしまった。家につくと真っ先に鳩小屋を見たが、そこには「刺し毛」の姿はなかった。もう空はかなり薄暗い。鳩が空を飛ぶには遅い時間である。

「刺し毛」がいつ帰ってきてもいいように、餌を多めにまいて、水も新しいものに変えた。

次の日、いつもより早く起きて鳩小屋を見に行った。やはり「刺し毛」は戻っていなかった。その日、学校には三十分も早く登校した。鳩の先生、トクに早く会いたかったからだ。登校してきたトクを捕まえて、「刺し毛」のことを話した。

「大丈夫だよ。二～三日もすれば戻ってくるさ」とトクは言ってくれた。トクによると、二～三日どころか、一ヵ月経ってから戻ってきた鳩もいると教えてくれたが、やはり僕は心配でしかたがなかった。

次の日も、「刺し毛」は戻らなかった。確実に冬が近づいていた。間違いなく、日に日に寒さが増していた。

一週間経っても、「刺し毛」はやはり戻らなかった。トクはそんな僕に気を遣って、「よかったら別の鳩をやるよ」と言ってくれた。とてもありがたかったけど、僕は丁寧に断った。年が明けて、四月になったら僕は、元居た街に戻ることになる。そこでは、きっと鳩を飼うことはできないと思っていたからだ。それに、ここには二年しかいないことは、まだ誰にも言ってはいなかった。

それでも僕は「刺し毛」がいつ帰ってもいいように、毎日餌と水を取り替えた。

その日は、太陽はすでに沈みかけていて空を真っ赤な色に変えていた。こんなに鮮やかな夕焼けは随分久しぶりである。

鳩小屋の前に立っていた僕に、

「鳩さん、まだ戻っていないの」と声をかけられた。

ケイである。ケイのほほも赤く染まっている。そのせいかいつもよりさらに大人びて見えた。

「大丈夫よ。きっと帰ってくるわ。きっと」

そう言うとケイは、くるっと、振り返った。スカートがふぁと舞い上がり、すらっとした足があらわになった。

その時、パタパタという聞き覚えのある羽音がした。

「刺し毛」と、僕は叫んだ。

すると真っ赤な夕日を背に、すうっと、鳩小屋の入り口めがけて、滑るように一羽の鳩が滑空してきた。間違いなく、「刺し毛」だ。僕には、それはまるでスローモーションのように感じられた。

ケイが、「とてもきれい」とつぶやいた。

確かに、こんなに美しい鳩を見たことはなかった。ケイの言うとおり、「とてもきれい」だった。

「刺し毛」は僕のところに帰ってきた。しかも美しい姿で帰ってきた。ケイがその美しさの、もう一人の証人となってくれた。

次の日、さっそくトクに鳩が帰ってきたことを報告した。トクは、「よかったなぁ。俺の言ったとおりだろう」とちょっと威張ってみせた。その様子を見て、ナカもハヤもイノも、そしてオガも集まってきて、一緒に喜んでくれた。まさに、クラブ6は今でも大切な仲間だった。

演劇

小中学校は、いろいろと他の学校と違っていた。普通の中学校は、文化祭とか学校祭と呼ばれていたものが、ここでは学芸会と呼ばれていた。小学校と一緒にやるからだ。

時期も違っていた。他の学校では秋の九月から十月頃にかけて行うのが普通だったけれど、ここでは十二月、第一週の日曜日と決まっていた。それは学校に通う児童生徒のほとんどが農家の子で、この地域の農家は十一月末頃まで非常に忙しかったからだ。おまけに、親だけでなく、子どものいない地域の人たちも全員といってよいほど見に来るのである。

そんな学芸会では、うどんやそばが食べられるバザーがあり、農作物の即売会もある。まさに、地域の大イベントでもあった。

中学生は、学年ごとに劇をやるのが決まりになっていた。

僕たち一年生の担任は、理科の教師で物静かな人だった。口数の少ない哲学者のような人だったけれど、どこか温かくて優しい人だった。僕はその先生がとても好きだった。

クラスは相変わらず多数派の女子に支配されていた。でも、小学校の時とは違って、僕たちクラブ6も少しは成長したのだと思う。僕たち男子は、多数決で負けても決まった以上は誰も文句も言わずに従った。本当に困った時は、やはりナカが発言してくれたので、その時は女子も納得して引き下がることもけっこうあった。クラスは、本当は仲がいいのだと僕は嬉しかった。

十二月の学芸会で僕たちがやる劇は、担任の先生が決めた。そのことに誰も異存はなかった。普段、僕たちに強制したり、決めつけたりすることのない担任が、クラス全員の前でどうしてもやりたい演劇があると、丁寧に説明したからだ。

題は、たしか「雪穴《ゆきあな》」だったと思う。足を骨折して農作業ができなくなった父と、そのために高校進学を諦めようとする息子を描いた劇だった。

初めのうち、中学一年生の僕たちには難しすぎて、何も理解できないまま先生の話を聞いていた。

登場人物は、主人公の息子とその父親、父の友人で同じ農家を営む男二人、息子の同級生の男子生徒二名、そして、妹である。出演者は男子が六人と、女子は一人だけで、つまり、クラブ6の男子は全員出演しなければならなかった。

それでも、不満を言うものはいなかった。今回はほとんど出番のない女子さえも、裏方として一生懸命がんばると言ってくれたのだ。

誰もが知っていた。僕たちの担任は、訳があって年が明けて三月で退職することになっていたからだ。


女子は、衣装や小道具だけでなく、音響も照明も担当してくれた。今までは、どちらかというと、クラブ6の男子が裏方で、何人かの決まった女の子が前面に出ることが多かった。今回は、全く立場が反対になっていた。

僕は、父親の役を担当することになった。息子役は、イノだった。配役の決定については すべて僕たちに任された。

初めに先生は、登場人物がどんな人間であるかを詳しく説明したあと、その配役はみんなで決めてほしいと言ったのだ。

久しぶりに、クラス全員がいろいろな意見を出し合うことになった。

妹役はすぐに決まった。クラスのなかで一番背が低いけれど、元気いっぱいの女の子だ。誰もが納得だった。

後は、クラブ６の男子がそれぞれどの役をやるかが問題となった。いつものように、僕たちは沈黙した。男子全員がどれかの役につかなければならない。それは紛れもなくクラブ６にとって今まで経験したことのない一大事だったからだ。

長い沈黙が続いた。活発な女子も一言も発言しなくなった。

こんな時は、やはりナカの出番である。「主人公の息子は、クラスで一番背の高いイノではどうだろう」と提案した。名指しされたイノは、びっくりしてとびあがった。すかさず、リーダー格の女子が「私もイノがいいと思います」と言った。するとすぐに他の女子も賛同した。あっという間に主人公の息子役はイノに決まってしまった。

事実、イノは僕たちのなかでは一番背が高いだけではなく、男らしいところがあった。中学三年生と言ってもおかしくなかった。確かに、適役だと僕も思った。

次に大事な父親の役は、なかなか決まらなかった。どう考えても中学一年生で、中学生の息子をもつ父親になれるものはいなかったからだ。さすがのナカも何も言わなかった。

その時、担任の先生が手を挙げて発言した。

僕たちの担任は、みんなで話し合いをする時はほとんど口を挟まなかった。どうしても必要な時だけ、先生も手を挙げて司会の許可を得てから発言した。いつだって、僕たちを子ども扱いはしない、そんな先生だった。

「みんなの年齢で、父親役をやるのはとても難しいことかもしれないね。はっきり言うと、中一では父親と同じように振る舞うことはできないと思います」

クラブ6はそろって同じように頷いた。そんな僕たちを確認しながら、ちょっと間をおいて、「でも、見に来てくれる人は、中学一年の君たちを見にくるのです。一生懸命、演劇に挑んでいる今の君たちが見たいのです」

すると、すでに息子役が決まっていたイノは、残り五人に向かって、手を上下に動かして、「誰かがやれ！」という素振りをした。

ナカが僕を見た。そして、ゆっくり二度頷いた。ナカには僕が今何を考えているのか、きっとわかったのだと思う。

僕は一度大きく深呼吸をしてから立ち上がった。

「先生。僕にも父親役はできますか」と聞いた。

「もちろんです」と、先生は微笑んだ。

クラス全員から拍手があがった。そうして、僕が父親役に決まった。

その後、残り四人の男子は、自分からやりたい役を自分で選んだ。ナカは、父親の仕事を助けることになる青年役を買って出た。ナカらしい選択だ。

こうして、僕たちは学芸会の当日を迎えることとなったのだ。

当日の学芸会では、午前の部、最後に中二の演劇が行われた。それはとてもおもしろおかしな喜劇だったので、観客の大人たちは大笑いをしては、その都度、出演者の名前を大声で叫び、場を盛り上げた。

午後の部、一番手は中三の「勧進帳」であった。歌舞伎の有名な演目を演劇にしたもので、さすが三年生ともなれば衣装も演技もみごとで、終わった後には拍手喝采となった。そして、幕が下がっても拍手が鳴り止まないので、再び幕が上がった。そこに義経と弁慶が登場し、劇中で見せた踊りをもう一度みごとに舞った。再び、拍手がわき上がった。

最後に出演者全員がステージに現れると、観客は立ち上がって拍手を送った。

そのどよめきと興奮の会場を沈めてくれたのはケイだった。

この学校では、人前でピアノを弾ける子はケイしかいなかった。ピアノの腕前は、音楽教師よりも上だったかもしれない。

ちょうど僕たち一年生の劇の前、その準備する間にケイが特別に一曲演奏することになっていたのだ。

曲目はドビュッシーの「月の光」だった。

「この曲、けっこう難しいのよ」とケイは僕に話してくれたことがある。そして、その曲を選曲することになったのは、僕のせいだと付け加えた。

僕は彰さんの天体望遠鏡をあの日からしばらく借りていたので、月の出た夜は飽きもせず毎回望遠鏡をのぞき込んだ。

一度だけ、僕はケイを月の観測に誘ったことがあった。

その日は、ひんやりとした空に三日月が昇っていた。ケイと一緒に月を観るのは、とても特別なことのように感じた。そして、ちょっとロマンチックでもあった。

初め、それほど興味を示さなかったケイだったけど、望遠鏡を覗いた瞬間、「すてきね」と何度も口に出しては、何度も接眼レンズをのぞき込んだ。そして今度は空に浮かぶ月を直接見て微笑んだ。

どうやらその時に、「月の光」を演奏しようと思ったらしい。確かに選曲は僕のせいなのだ。

ピアノ演奏が始まるというアナウンスが入っても会場はまだざわついていた。

でも、ケイの演奏が始まるやいなや、そのざわめきはすうっと消えていった。熱気だっていた会場は、とても穏やかな雰囲気に戻っていた。

僕は再び、ケイの体の中から美しい音が放たれているのがわかった。そう、あの日の音楽室と同じように。

ケイは演奏が終わると、舞台の袖で出番を待つ僕のところにやって来た。

「私の演奏、聴いてくれた」と、僕の顔をのぞき込んだ。

「もちろんだよ。ケイちゃんのお陰で気持ちが落ち着いてきた」というようなことを僕は確かに言ったと思う。

「そお、じゃ、フミちゃんもがんばってね。見ているから」と言って、さっさとどこかへ行ってしまった。

学芸会の最後の出し物は、何と僕たち一年生の演劇、「雪穴」だった。劇を演じる順番は先生方で決めているようだったが、それでも例年、一番最後は三年生だったのに、どういうわけか今年は、僕たち一年生の劇が最後になった。

僕たちは総練習の時に二年生、三年生の劇を一度観ていた。もし、演劇に順位を付けるとしたら、僕たち一年生の劇はとてもかなわないと思っていた。おまけに当日は、二年生、三年生の演劇はどちらも観客に大受けで、そのことは僕たちに大きなプレッシャーとなっていた。

僕をはじめ男子はみんなは相当緊張していたと思う。特に、主役のイノの顔は真っ青で今にも倒れそうに思えた。

舞台の幕が上がる前、担任の先生は出演する七人をステージの真ん中に集めて言った。

「君たちがこれから演じる劇は、笑いもとれなければ、すごさもかっこ良さもありません」

僕たちは、先生の言葉に集中した。

「でも、君たちはとても難しいテーマに、真っ正面から向き合ってきた。それは本当にすばらしいことです。胸を張って演じなさい」

僕たちは、黙って先生の言葉に頷いた。いつのまにか、クラスの全員が舞台の中心に集まっていた。

「私たちが照明も、音響もしっかりやるから、クラブ6もがんばってよ」と、リーダー格の女子が僕たちに発破をかけた。

すると、「私もわすれないで！」と紅一点、妹役の女の子が怒りだした。それを聞いてみんなで大笑いをした。

僕たちクラブ6と妹役の女の子は、舞台の真ん中で円陣を組んだ。

「今日までやってきたことをだしきろう」とイノが真っ先に言った。

「おぅ！」とみんなが応えた。

「僕たちを支えてくれている女の子たちのためにもがんばろう」とナカが言うと、

「がんばろう！」と、妹役が続いた。

「そして、先生のために……」と僕は付け加えた。みんなも、「先生のために……」と繰り返した。

そして静かに幕があがった。

息子のイノと父親の僕にスポットライトが当たり、劇が始まった。

僕たちの劇は最初から苦しみの感情を押し殺したシリアスな台詞が延々と続く。僕たちは緊張のあまり声も、そして心も震えていた。それでも、誰もが本当に必死だった。

とても不思議なことに、僕たちが演じている間ずうっと、観ている人のなかに声をあげるものも、笑うものも誰一人いなかった。

最初から最後まで、会場は静まりかえっていた。演じる僕たち一人一人の声だけが体育館の会場に響き、観客はまさにしじまのなかにあった。

劇の後半、悩み苦しむ父と息子のために、元気いっぱいの妹は走り回って、父と兄

の友人たちに助けを求める。そのお陰で、畑は農家の仲間が手伝ってくれることにな
り、夢を失いかけた息子は友人の励ましで高校に進学することを改めて決心する。
そして、僕たちの劇は最後、親子三人が多くの人に感謝しながら笑顔で終わるはず
だった。
ずうっと重苦しいまま進む劇が、最後の最後は希望に満ちた明るい雰囲気のなか幕
が下りる予定だった。
でも、父親役の僕はこみ上げてきた気持ちを抑えることができなかった。最後の一
番大切な台詞が言葉にならなかったのだ。
本当は、
『今年の春ほど、こんなに待ち遠しい春はない』と、父親役の僕がその台詞を口にし
ながら、息子の肩を、イノを抱くはずだった。
そして、その言葉の後、少し間をおいてブザーが鳴り、ゆっくりと幕が下りる手は
ずだった。
僕がかろうじて発した、その最後の台詞は、その大切な言葉は、きっと、ブザー係
には聞こえなかったのだと思う。
幕が閉まらず、予定外の沈黙の時間が続いた。

気がつくと、息子役のイノが泣いていた。いつも明るくて元気いっぱいの妹も大声を出して泣き始めた。台本には全くなかったけど、僕たち三人は、舞台の真ん中で抱き合って泣いた。

すると、ブザーがようやく鳴り、幕が下り始めた。

しーんと、静まりかえっていた会場から今まで聞いたことのない大きな拍手がわいた。

兄と父親と妹は、まだ抱き合ったまま涙が止まらなかった。

幕が閉まると、クラスの全員が舞台に集まってきて大きな輪になった。クラスの大半は泣いていたと思う。もちろん、その中には担任の先生もいた。

クリスマス会

十二月になると、この土地は一気に本格的な冬となる。

学芸会が終わった次の日、朝起きると一面真っ白になっていた。道路も畑もすべてが白く被われていた。厳しい冬が始まったのだ。

この時期に降った雪は、「根雪」となり春まで溶けることはない。

僕はまた、石炭を小屋から運ぶ手伝いを始めていた。バケツのようなもので運ぶのだけれど、去年はけっこう重いと感じていたものが、今年は思ったほどではないことに気がついた。

僕は去年の今頃より、十センチ以上も身長が伸びていた。気がつくと、クラスでもイノの次に背が高くなっていた。

三年生の彰さん、二年生のジュンちゃん、そして僕は、ある共通の人物によってつながっていた。今思うと、それは無意識のうちにできあがってしまった同盟関係のようなものだったと思う。僕はそのことを勝手に、「三人同盟」と名付けていた。そして、その共通の人物とはケイだった。

小さな学校とはいえ、学年も違うし、僕と一緒の時期に転校してきたケイと彰さんがどこでつながったのかわからなかったが、ケイは時々、彰さんと会っているようだった。

ジュンちゃんは、ケイの同級生である。ケイにとってクラスメイトのなかで一番話しやすかったのがジュンちゃんだったようだ。

ケイは、実にいろんなことをジュンちゃんと話していた。たとえば、僕の家族と一緒に旅行に行ったときの僕のことまで。

僕とケイは、幼なじみのような関係だ。僕の父とケイのお父さんは、僕たちが生まれる前から一緒に仕事をしていた。それで、物心ついたころから僕はケイと一緒に遊んでいた。

その年のクリスマスイブに、ケイは、僕と、彰さんと、ジュンちゃんを自分の家に招待した。クリスマスイブのちょうど一週間前、僕の下駄箱にカードが入っていた。ケイからだった。

『十二月二十四日、午後一時に私の家にてクリスマス会を行います。
もし、お時間がありましたら、いらしてください。心よりお待ちしています。

彰さん　ジュンちゃん　フミちゃん　へ

ケイより　』

そこには最後に、招待したメンバーが書かれていた。それが、僕と、彰さんと、ジュンちゃんだった。

そのころ、三年生の彰さんはとっくに部活を引退して、二年生のジュンちゃんは卓球部の部長になっていた。

彰さんは、廊下で会うと、「やぁ」と必ず声をかけてくれる。ジュンちゃんとは、毎日部活で一緒であった。でも、彰さんも、ジュンちゃんも、ケイのクリスマス会については何も言わなかった。三人ともお互いに招待されていることは当然わかっているはずなのに、誰もそのことについては自分から口には出さなかった。

ケイは相変わらず学校では僕とは話さない。すれ違っても、一切関わることはしなかった。どうしてケイがいつもそうしていたのか、その時の僕にはどうしてもわからなかった。

クリスマス会の当日、僕がケイの家に行くと、すでに彰さんも、ジュンちゃんも来ていた。

「フミ、遅いぞ」と彰さんが言い、「先にケーキを食べようかと思ったよ」と、ジュンちゃんが笑いながらからかった。

僕は、まだ約束の時間まで三十分も前なのに、すでにみんな揃っていたことに驚いた。

「これで、全員おそろいね」と、ケイのママが飲み物を用意してくれた。

テーブルには、とても大きなイチゴがのったケーキが置かれていた。あまりに立派なケーキだったので、僕がそればかりを見ていると、ケイが「フミちゃん、ケーキはまだよ」と言ったので、みんな大笑いした。

僕は、きっと恥ずかしくて顔は真っ赤になったのだと思う。それはケイに二人の先輩の前で、子ども扱いをされたからだ。確かに、一番年下だったけれど、ケイにそう思われていることがとても恥ずかしかった。そして、とても悔しかったのだと思う。

ジュースで乾杯した後、ケイがピアノを弾いてみんなで歌った。その時の「きよしこの夜」を僕は一生忘れない。

「きよしこの夜　星はひかり……」と四人で二番まで歌った。三番に入ったとき、誰も歌詞がわからなかったので、ケイのピアノ伴奏だけが続いた。

そして、ピアノを弾きながら、「フミちゃん、英語で歌ってくれる」と突然ケイが言った。黙り込んでいる僕に、「お願い」とケイが続けた。

「Silent Night　Holy Night……」

僕は一番だけ英語で歌ってみせた。

「フミちゃん、さすがね！」と、ケイのママが言った。彰さんが、「やるじゃん」と続けた。僕は、今度は照れくさくて赤くなっていたに違いない。

「だって、フミちゃんは、英語が得意なのよ。ねえ！」と、ケイは、わざわざ僕の顔をのぞき込んだ。

この土地に来る前、僕は小学生の早いうちから英語塾に通っていた。誰にも言わないでいたけれど、ケイだけは知っていたからそう言ったのだと思う。

でも、本当のところは、ちょっと違っていた。僕は相変わらず、洋楽をよく聞いていた。当時とても人気があった、「サイモンとガーファンクル」のＬＰレコードを何度も聴いていて、そのレコードの一曲にどういう訳か、「きよしこの夜」があった。

よく知っていた曲だけど、ポール・サイモンが歌うと、心の底まで浸みてきた。いつのまにか、英語で覚えてしまっていたのだ。

ケーキを食べ紅茶を飲みながら、なぜかみんなは僕のことばかり話題にした。まず、ジュンちゃんが、「フミは英語だけでなく、数学も得意なんだろう。トクやハヤが言っていたぞ」

「卓球はまだまだだけど、フミはやたらスキーがうまいからなぁ」と彰さんがおだてた。

「でも、一緒にスキーに行ったとき、私をおいて勝手にすいすい行っちゃうのよ」とケイがまくしたてた。

その日のケイは、とても明るく、元気で、華やかだった。レースの白いブラウスが長い黒髪にとてもよく似合っていた。

ケイのママが、ピアノの前で四人一緒の写真を撮ってくれた。彰さんとジュンちゃんは、ケイと二人だけの写真も撮ってもらった。

「フミも撮ってもらえよ」と、彰さんが言ったけれど、僕はかたくなに断った。その時になって初めて気がついたのだ。彰さんもジュンちゃんも、けっこうおしゃれな服装をしていた。二人ともとても様になっていたのに、僕はといえばいつものように上下ともジャージだったからだ。

最後まで、三人は僕のことばかり話しては、みんなで感心したり、おだてたりして、最後は大笑いをした。確かに僕は四人のなかで一番子どもだったのだ。

たぶん、ケイが僕のことばかり口にするので、彰さんもジュンちゃんもあわせただけなのかもしれない。

彰さんは、誰が見ても男らしく、誰からも頼られる人物だ。ジュンちゃんは、二枚目なのに誰にでも優しく誰にでも好かれる人物だ。

でも、その時の僕は、数学がちょっと得意なだけで、彰さんにも、ジュンちゃんにも全くといっていいほど歯が立たない子どもだった。

そのクリスマス会の三日後、ケイは大きな街の大きな病院に入院した。ケイのママも一緒だった。

その後、ケイに会えたのは年が明けて夏になってからだ。その時もケイは、まだ大きな病院に入院していた。お見舞いに行きたかったけれど、ケイの顔を見たかったけれど、長い間面会謝絶だったのでそれは叶わなかった。

そして、楽しいときも寂しいときも、まして、悲しいときも、時間はやはり同じように流れることを僕は知った。

転校

父が約束していたとおり、二年が過ぎ元の街に戻ることになった。僕が転校することを、クラブ6にも、クラスのみんなにも伝えたのは転校の直前、三月の末になってからだ。転校するということは、父の転勤を意味することなので、僕が勝手に口にするわけにいかなかったからだ。

僕が転校すると聞いて、クラスのみんなはとてもびっくりして、すごく残念がってくれた。クラブ6の男子からは、「あまりにも急だ」と、随分怒られた。「家族が引っ越しても、フミだけは残れ」とも言われた。

ここに来る前は、元いた街に戻ることばかり考えていたのに、その時は、もう少しここにいたい気持ちの方が大きかった。

「刺し毛」は、トクに返すことにした。トクからは、「また、鳩が飼えるようになったらいつでも取りに来い」と言ってくれた。僕もそんな日が来ればどんなに嬉しいだろうと思ったけれど、それは叶わないことはわかっていた。

ナカの提案で、僕の送別会が行われることになった。いつものことだけど、ナカはここぞと言う時に、みんなのために、今回は僕のためにいろいろ考えてくれたのだ。僕はそのことに感謝の気持ちで一杯だった。

送別会は公民館を借りて行われた。担任の先生にも声をかけたが、「君たちが自分たちの意思で初めて計画したことだから、最後まで君たちだけでやった方がいい」と言って、遠慮した。

送別会にはクラス全員が来てくれた。十六人が輪になれるように机が並べられ、そこには飲み物とお菓子が並んでいた。

会の進行は、なんとイノだった。彼は、劇の主役をやり終えた後、何かと人前に出ることが多くなっていた。

「皆さん、お待たせしました。それでは、これからフミの送別会を始めます」と、イノがしっかりとした口調で送別会の進行を始めた。

「では、初めに、クラブ6を代表して……失礼しました。クラスを代表して、オガが挨拶をいたします」

みごとな進行なので、普段大笑いする女子たちも真剣に聞いていた。

まず、オガが代表して僕にメッセージを送ってくれた。語られたのは、やはりほとんどクラブ6で遊んだことばかりだった。あのサンショウウオの話も忘れてはいなかった。

オガの話を聞きながら、サンショウウオのことを思い出していた。ヤマちゃんと、ウラちゃんは、しばらく僕たちのクラスメイトとしてみんなで世話をしていた。中一になった春、残念なことにヤマちゃんが死んでしまった。誰ともなく、残ったウラちゃんを「元いたところに返そう」ということになった。確か五月の祝日だったと思う。僕たちクラブ6は久しぶりに全員集まり、ウラちゃんを元いた沢に返した。

僕はオガのメッセージを聞きながら、「もっと早く二匹とも返すべきだった」と、六人で話したことを思い出していた。

その後、イノの進行でいろんなゲームをしては大いに盛り上がった。僕が転校してきた時分は、男子は女子にいつも遠慮していて、何かをやる時は、女子任せのことが多かった。そのことは、僕が来てからもしばらく同じだったと思う。でも今は随分と違う。僕のための送別会の計画は、ほとんど男子、つまりクラブ6の仲間が中心に進めてくれた。もちろん、女の子も文句も言わずいろいろ助けてくれたらしい。

おそらく、あの学芸会の劇が僕たちを大きく変えたのだと思う。

いつだったか僕とナカとで話したことがあった。

「あの劇は担任の先生が仕組んだことではないか」とナカがこっそり言った。僕もクラブ6全員が出演する劇は、単なる偶然とは思っていなかった。配役を自分たちで決めさせ、僕たちクラブ6にやる気を起こさせるようしたのではないかと、そう感じていたのだ。

「きっと、先生が僕たちのためにあの劇を選んだのだと思う」、ナカが言ったことに僕も全く同じ気持ちだった。

楽しかった送別会の最後は、当然、僕の挨拶の番となった。僕は何も考えてはいなかったので困った。何も言えずしばらく考えて、そして、その時、自然に浮かんできた言葉をつなげた。

「僕は、初めここには来たくありませんでした」

僕はみんなの顔を見渡した。十五人の仲間は、全員僕を見つめていた。

「大きな街に住んでいて、そこから離れるのがものすごく嫌でした」

やはり、だれもが息をしていないのではないか思えるほど、静かに聞いてくれていた。

「でも、ここに来てすぐ、最初の日にクラブ6に入れてもらえました。お陰で、初めて川釣りもしたし、鳩も飼うことができました」

「それに、車にも……」と言いかけて……車を運転した話はまずいと思ったので、あわてて話を変えた。

その様子を見たイノは、右手の親指を突き出して僕に合図した。

「それに、なんといっても最高の劇を作り上げることができました。あの時ほど、女子のみんなが好きになったことはありません。いやぁ、好きと言っても……それは広い意味です」というと、今まで真剣に聞いていた、ほとんどの女子がクスクス笑い出した。

「とにかく、二年間だったけど、こんな楽しい、いろいろなことがあった二年間は初めてです」

また、みんなはじっと聞いている。

「クラブ6、そして女子全員、みんな大好きです。けっして忘れません。ありがとうございました」と、僕は正直に心のままを伝えた。そして頭を深く下げた。大きな笑いと、そして大きな拍手が起きた。僕はしばらく頭を上げることができなかった。

別れ

僕は家族とともに元居た大きな街に戻り、とても大きな中学校に転校した。

八月の日曜日、急に父が一緒に出かけようと言った。ケイの見舞いに行くというのだ。突然のことに驚いたが、それはずっと待ち望んでいたことだ。むしろ、やっと、という思いであった。

車で三時間もかかって着いた病院は、思っていたのとは違って、街外れの丘の上にぽつんと立っていた。

父は車で待つというので、母と二人で病室に向かった。大きな病院の割には、人はそれほどではなかった。病室のある五階までとても大きなエレベーターに乗った。二階で停止すると移動式のベッドに寝ている人が、二人の看護師とともに乗り込んできた。ベッドごと移動できるエレベーターだったと、その時初めてわかった。

ケイの病室は、五階の一番奥の部屋で、廊下の行き止まりと思ったところに小さな扉があった。それは、特別病棟に続く入り口であった。そこの入り口で僕と母は手を洗い、さらに消毒し、使い捨てのレインコートのようなものを着るように言われた。

ようやくケイのいる部屋に着くと、そこは、ベッドの周りがビニールシートで覆われていて、その中にケイがいた。

「ケイちゃん、元気！」と、言いかけて思わず止めた。元気なわけはない、ここは病院で、特別な部屋で、しかもベッドはビニールシートに囲まれているのだから。

「フミちゃんも、おばさんもお久しぶり」とケイが微笑みながら言った。ケイは自分で電動ベッドのスイッチを操作し、体を少しだけ起こした。

僕は、本当はすぐに話したいことがいっぱいあったのに、せっかく会えたのに、何も口に出せずにいた。

母もケイのママと会うのは久しぶりだったので、談話室で話をすると言って病室を出て行った。僕は、ケイと二人きりになって、ようやく話し始めた。

「ケイちゃん、本当はもっと早く、すぐにお見舞いに来たかったけれど、面会謝絶と聞いて……」

「ごめんなさい。……私……。誰にも会いたくなくて、ママにそう言ってもらっていたの」

「でも、どうして」

「だって、フミちゃん。今の私、みっともないでしょう。髪だって一本もないのよ」、きれいなケイの顔がゆがんだ。

ケイは夏だというのに、白のニット帽をかぶっていた。あの、腰まで長かった黒髪が治療のためすべて抜けてしまったのだ。

「そんなことはないよ。ケイちゃん」、「とてもきれいだ……」と、自分でも不思議なくらい自然にその言葉が出た。

「フミちゃん。随分、大人になったわね。女の子にお世辞が言えるなんて……」と、ようやく少しだけ微笑んだ。

お世辞なんかではなかった。確かに、髪はなくなっていたかもしれないけど、前より痩せたかもしれないけれど、本当にきれいだったから、自分でも驚いたけれどそう口に出たのだと思う。

僕は元の街に戻って、とても大きな中学校に通っていること。部活には入らず、また、塾に通い始めたことを話した。

ケイの顔色が戻ってきたのがわかったので、ようやく彰さんとジュンちゃんのことを話すことにした。

彰さんが随分と遠いところにある高校に進学したこと。ジュンちゃんが中体連卓球大会の個人戦で優勝し、全道大会に行くことになったことを話して聞かせた。

ケイは僕のそんな話を懐かしそうにじっと聞いていた。

「ところで、フミちゃんは部活もやらないでどうしているの」と聞くので、転校してみるとそこには、昔、小学校が一緒だった友人がけっこういて、学級委員長にされてしまったことや、担任は大学を出たばかりの女の先生で、可愛い顔をしているので男子生徒のアイドルになっていることなど、ちょっと大げさに話した。

ケイは、僕の何でもない話をケラケラと笑いながら聞いた。

「フミちゃん、意外と新しい学校ではモテているのね」と言われ、僕はどぎまぎした。まるで大人の女性にからかわれているような、そんな気がしていたからだ。

一通り話すと、ケイは少し考えこんで、「短い期間だったけど、あそこの生活は楽しかったわ……フミちゃんは……」とつぶやくように言ったので、

「……僕も……」と伝えた。

ケイにとって楽しかったこととは、いったい何だったのだろうと僕は思った。そして、すぐ彰さんとジュンちゃんのことを思った。

「フミちゃんにお願いがあるの」というので、僕はだまって頷いた。

ケイは、少し考えてから……

「もし、彰さんとジュンちゃんに会ったら……」

僕は待てずに、「会ったら？」

「そう、彰さんとジュンちゃんに会ったら、『二人に会えてよかった』と、伝えてほしいの」

「それから……」と僕が聞くと、

「それだけ……」とケイは話を結んだ。

そして、僕の顔をじっと見つめながら、

「それから、フミちゃん……、もう……来ないでほしいの」

「えっ」と、僕は、嗚咽したときのような声をあげた。

「私きっと、これからもっと瘦せると思うの……骨と皮だけになると思う……」

僕は何も言えず黙って、ケイの顔を見ることもできないでいた。

「今日ね。フミちゃんが来るってママから聞いていたから、初めてお化粧をしてもらったのよ」

僕は今度はしっかりとケイを見つめた。

ケイは、本当にきれいだと思った。

「私ね、フミちゃんが大きくなるのをずうっと待っていたの」

僕は、ただ、ケイの顔を見つめた。

「早く私より背が大きくならないかなぁって……。ずうっと前から、思っていたのよ。もう私より大きくなった」

「たぶん、一七〇センチは超えたと思う」

「そう、やっぱり。寝ていてもわかったわ」

「ケイちゃん。僕……もっと……大きくなる」

ケイは、それ以上何も言わなかった。

僕は、本当は一番大切な言葉を伝えたかった。それはずうっと前から思っていたことだった。

でも、ビニールシートに囲まれ、すてきな黒髪を失ったケイに、今のケイに自分の思いなど口にする訳にはいかなかった。

ケイが布団の中から左手を、そおっと出した。僕は、その手を両手でできるだけ優しく包んだ。ケイの手は、夏だというのにひんやり冷たかった。ケイは微笑んでいたと思う。ケイの体に直接触れたのはそれが初めてのことだった。長い間、一緒にいたのに、ケイの手にさえ触れたことがなかったことを思った。

僕はこのまま時間が止まればいいと、本気で思っていた。

母とケイのママが病室に入る音で、ケイは手を布団に戻した。

僕に「サヨナラ……」と、小さな声でささやいたケイの瞳は、どこか遠くを眺めているようだった。

僕は、「きっと、よくなるよ」と、言いかけて声が詰まり、その言葉を伝えることができなかった。

ケイのいる特別な病棟から出たとたん、僕はこらえきれず声をあげた。涙があふれた。

母はわかっていたのだと思う、僕をそのままにして先に父の待つ車に戻った。

僕は生まれて初めて、周りを気にせず声をあげて泣いた。そんなことは、僕の人生の中でその一回きりだった。

それから、ちょうど一週間後、ケイは十五歳のまま帰らない人になった。

葬儀は、ごく内輪で行われたけれど、僕と僕の家族は参列することができた。お通夜の日は、夏にしては涼しく、そして夜空にはあの時と同じような、「とても美しい月」が浮かんでいた。

再会

ケイが亡くなって二年が経ち、僕は高校生になっていた。残念ながら、あれから身長はそれほど伸びることはなかった。

数学だけは相変わらず自分で勉強していた。でも、ケイに褒められた英語にはあまり興味はなくなっていた。

その頃、時々、ベートーベンを聴くようにもなっていた。特に気に入って聴いていたのはピアノソナタ十五番「田園」で、ベートーベンが生涯に三十二ものピアノソナタを作曲したことをその頃初めて知った。

ベートーベンのピアノ曲が好きでも、「エリーゼのために」は聴かなかった。その当時、その曲をモチーフにしたポップス系の曲がヒットしていたからだ。

何よりも、ケイのあの時の音を忘れないためでもあった。

それからさらに二年後、僕が高校三年生になった夏休み、彰さんと、ジュンちゃんが、突然二人して僕の家に訪ねてきた。二人に会うのは本当に久しぶりだった。

確かに時は流れると、僕はそう感じた。

彰さんも、ジュンちゃんも東京の大学に進学していた。彰さんは、高校ではブラスバンド部に入り、大学でも本格的な音楽サークルでトランペットを吹いていると言った。

高校時代も卓球で活躍していたジュンちゃんは、大学でも続けていた。

僕は、数学が専攻できる大学に進学したいと思っていることを二人に話した。

そんな風に、それぞれ今の生活や将来のことなどいろいろ話をしたけれど、誰もケイのことは口にはしなかった。

でも間違いなく、二人ともケイのことを聞きたいのだと、僕はわかっていた。ケイの最後の様子を知りたかったのだと……。

僕は意地悪するつもりは全くなかった。でも、どのようにケイについて話をしたらよいのか迷っていたのだ。僕もケイに会えたのは、あの夏の病院の一回きりだったから……。

僕は、深く深呼吸を二度して、ゆっくり話し始めた。

「実は、ケイちゃんから二人に伝言を預かっていたんです」

そう言うと、二人とも顔つきが変わったのがすぐわかった。そして、食い入るように僕を見つめた。

僕は、できるだけ正確に、ケイが残した伝言を口にした。

「もし、彰さんとジュンちゃんに会ったら、『二人に会えてよかった』と、伝えてほしいの」、僕はケイが放った言葉をそのまま口にした。

その時、僕のすぐ側にケイがいるような気がした。あのクリスマスイブの日のように、彰さん、ジュンちゃん、僕が揃っていたからだ。

二人は、その言葉を静かに聞いていたが、彰さんも、ジュンちゃんも何もしゃべらなかった。いつまでも黙り込んでいたので、僕が最後にケイに会ったときの様子を伝えた。

ベッドはビニールシートに囲まれていて、少し痩せた様子だったけど、その時は気丈に振る舞っていたこと。面会謝絶と言われていたので、僕もその日だけしか会えなかったことを話した。

治療のためケイの長い黒髪がすべて抜けてしまったことは話さなかった。その方がいいと思ったし、きっとケイもそうしてほしいと願ったに違いないからだ。

「フミもあの日からケイに会えたのは、その一日だけなのか」と彰さんがたずねた。

あの日とは、僕たち三人とケイとで過ごしたクリスマスイブのことだ。僕はだまって頷いた。

「病気だとは知っていたけど……」、ジュンちゃんが声を詰まらせた。

もう、四年も前の過去のことなのに、彰さんとジュンちゃんにとっては、まだ終わってはいなかった。

今日の僕の責任は果てしなく重かった。それは、『三人同盟』の一人として果たさなければならない使命のようなものだった。かつて、僕が心の中で勝手に名付けた、『三人同盟』の同志として……。

「葬儀は、ごく内輪だけで行われました。でも、僕の父とケイちゃんのお父さんは、とても仲がよかったので、僕も参列できたけれど、ケイちゃんの友人と言えるのは僕だけでした」

「最後、ケイはどんな顔をしていた」とジュンちゃんが聞いた。

僕は、「とても……きれいだった……」と答えた。

本当は、葬儀には行ったけれど、そこではケイの顔を見ることはできなかった。すでに、家族は別れを済ませていて棺桶には釘が打たれていたからだ。きっと、ケイのママは、ケイの最後の顔を誰にも見せたくなかったのだと思う。

それでも、最後に病院で会ったケイの様子を伝えることにした。

「本当にきれいだった。少しだけお化粧していて、すごく大人にみえた。きっと、ケイのママがそうしたのだと思う」

僕は、自分に言い聞かすように、そう言った。

ジュンちゃんは、少しだけ声を出して泣いていた。あの男らしい彰さんも、じっとこらえていたがやはり涙があふれていた。

「これは、だいぶ後になってからケイのママから聞いた話ですけれど、葬儀に使った写真は、あのクリスマス会の時に四人で撮った写真だったと……」

あのとき、ケイのママが撮ってくれた四人の写真は、今も僕のアルバムのなかにも収まっている。

写真の中の彰さんは男らしく、ジュンちゃんはやはり二枚目で、ケイは華やかだった。

そして、僕は言うまでもなく子どもだった。

僕はもう一度、

「もし、彰さんとジュンちゃんに会ったら、『二人に会えてよかった』と、伝えてほしいの」と、ケイのようにつぶやいた。

その時、そこにケイがいるように感じていたのは、きっと僕だけではなかったと思う。
紛れもなく、彰さんと、ジュンちゃん、そして僕は、『三人同盟』の同志だった。

さいわい

私は、あれから彰さんにも、ジュンちゃんにも一度も会っていない。

彰さんは公務員を早期退職して、都会でワイン専門店を経営していると人から聞いていた。

ジュンちゃんは、故郷の役場職員となり総務部長としい活躍しているらしい。

私が数学教師になったのは、やはり中学一年生のとき、演劇を指導してくれた担任の先生と、あの時の教頭先生の影響かもしれない。

担任の策略にまんまとはまったクラブ６の男子と、とっても元気な十人の女の子たちはどうしているだろうか。

みんな、あれから、「ほんとうのさいわい」を見つけることができただろうか。

著者プロフィール

竹花 史康（たけはな ふみやす）

1957年生まれ。北海道出身、北見市在住。岩手大学工学部卒業、上越教育大学大学院修了。

TWO YEARS

2025年３月15日　初版第１刷発行

著　者　竹花 史康
発行者　瓜谷 綱延
発行所　株式会社文芸社
　　　　〒160-0022　東京都新宿区新宿1－10－1
　　　　　　　　　　電話　03-5369-3060（代表）
　　　　　　　　　　　　　03-5369-2299（販売）

印　刷　株式会社文芸社
製本所　株式会社MOTOMURA

ISBN978-4-286-26263-5